W0295628

HEINRICH HEINE
KATECHISMUS

Herausgegeben von
Christian Liedtke

Hoffmann und Campe

1. Auflage 2017
Copyright © 2017
by Hoffmann und Campe Verlag, Hamburg
www.hoca.de
Einbandgestaltung: Hannah Kolling
© Hoffmann und Campe
Satz: fuxbux, Berlin
Gesetzt aus der Kepler
Druck und Bindung: CPI books GmbH, Leck
Printed in Germany
ISBN 978-3-455-00184-6

HOFFMANN
UND CAMPE

Ein Unternehmen der
GANSKE VERLAGSGRUPPE

Inhalt

Kinderglauben

Erkundungen des Himmelreichs

Hölle und Teufel

Das Volk Gottes

Das Christentum

Katholizismus

Protestantismus

Gedankengrandezza
Religion und Philosophie

Alte und neue Götter

Das Buch der Bücher

Vergleichende Religionsbetrachtungen

Zeter! Zeter! Glaubenshass und Religionsstreit

Religion und Staat

Konversionen

Glaubenszweifel, Gottesfragen

Bekenntnisse

Ob wir einst auferstehen?

Kinderglauben

Die Weltensaat*

So verwerflich […] jede Diskussion über das Dasein Gottes ist, desto preislicher ist das Nachdenken über die Natur Gottes. Dieses Nachdenken ist ein wahrhafter Gottesdienst, unser Gemüt wird dadurch abgezogen vom Vergänglichen und Endlichen und gelangt zum Bewusstsein der Urgüte und der ewigen Harmonie. Dieses Bewusstsein durchschauert den Gefühlsmenschen im Gebet oder bei der Betrachtung kirchlicher Symbole; der Denker findet diese heilige Stimmung in der Ausübung jener erhabenen Geisteskraft, welche wir Vernunft nennen und deren höchste Aufgabe es ist, die Natur Gottes zu erforschen. Ganz besonders religiöse Menschen beschäftigen sich mit dieser Aufgabe von Kind auf, geheimnisvoll sind sie davon schon bedrängt durch die erste Regung der Vernunft.

Der Verfasser dieser Blätter ist sich einer solchen frühen, ursprünglichen Religiosität aufs freudigste bewusst, und sie hat ihn nie verlassen. Gott war immer der Anfang und das Ende aller meiner Gedanken. Wenn ich jetzt frage: Was ist Gott? Was ist seine Natur?, so frug ich schon als kleines Kind: Wie ist Gott? Wie sieht er aus? Und damals konnte ich ganze Tage in den Himmel hinaufsehen und war des Abends sehr betrübt, dass ich niemals das allerheiligste Angesicht Gottes, sondern immer nur graue, blöde Wolkenfratzen erblickt hatte. Ganz konfus machten mich die Mitteilungen aus der Astronomie, womit man damals, in der Aufklärungsperiode, sogar die kleinsten Kinder nicht verschonte, und ich konnte mich nicht genug wundern, dass alle diese tausendmillionen Sterne ebenso große, schöne Erdkugeln seien wie die unsrige und über all dieses leuchtende Weltengewimmel ein einziger Gott waltete. Einst im Traume, erinnere ich mich, sah ich Gott, ganz oben in der weitesten Ferne. Er schaute vergnüglich zu einem kleinen Himmelsfenster hinaus, ein frommes Greisengesicht mit einem kleinen Judenbärtchen, und er streute eine Menge Saatkörner herab, die, während sie vom Himmel niederfielen, im unendlichen Raume gleichsam aufgingen, eine ungeheure Ausdehnung gewannen, bis sie lauter strahlende, blühende, bevölkerte Welten wurden, jede so groß wie unsere eigene Erdkugel. Ich habe dieses Gesicht nie vergessen können, noch oft im Traume sah ich den heiteren Alten aus seinem kleinen Himmelfenster die Weltensaat herabschütten; ich sah ihn einst sogar mit den Lippen schnalzen, wie unsere Magd, wenn sie den Hühnern ihr Gerstenfutter zuwarf. Ich konnte nur sehen, wie die fallenden Saatkörner sich immer zu großen leuchtenden Weltkugeln ausdehnten: aber die etwaigen großen Hühner, die vielleicht irgendwo mit aufgesperrten Schnäbeln lauerten, um mit den hingestreuten Weltkugeln gefüttert zu werden, konnte ich nicht sehen.

Du lächelst, lieber Leser, über die großen Hühner. Diese kindische Ansicht ist aber nicht allzu sehr entfernt von der Ansicht der reifsten Deisten. Um von dem außerweltlichen Gott einen Begriff zu geben, haben sich der Orient und der Okzident in kindischen Hyperbeln erschöpft.

»Zur Geschichte der Religion und Philosophie in Deutschland« (1835)

Religion und Zweifel*

Aus den frühesten Anfängen erklären sich die spätesten Erscheinungen. Es ist gewiss bedeutsam, dass mir bereits in meinem dreizehnten Lebensjahr alle Systeme der freien Denker vorgetragen wurden und zwar durch einen ehrwürdigen Geistlichen, der seine sazerdotalen Amtspflichten nicht im geringsten vernachlässigte, so dass ich hier frühe sah, wie ohne Heuchelei Religion und Zweifel ruhig nebeneinander gingen, woraus nicht bloß in mir der Unglauben, sondern auch die toleranteste Gleichgültigkeit entstand. [...]

Man hatte mich der Gottesleugnung angeklagt, und mein Vater hielt mir deswegen eine Standrede, die längste, die er wohl je gehalten, und die folgendermaßen lautete: »Lieber Sohn! Deine Mutter lässt dich beim Rektor Schallmayer Philosophie studieren. Das ist ihre Sache. Ich, meines Teils, ich liebe nicht die Philosophie; denn sie ist lauter Aberglauben, und ich bin Kaufmann und hab meinen Kopf nötig für mein Geschäft. Du kannst Philosoph sein, so viel du willst, aber ich bitte dich, sage nicht öffentlich, was du denkst, denn du würdest mir im Geschäft schaden, wenn meine Kunden erführen, dass ich einen Sohn habe, der nicht an Gott glaubt; besonders die Juden würden keine Velveteens mehr bei mir kaufen und sind ehrliche Leute, zahlen prompt und haben auch Recht, an der Religion zu halten. Ich bin dein Vater und also älter als du und dadurch auch erfahrener; du darfst mir also aufs Wort glauben, wenn ich mir erlaube, dir zu sagen, dass der Atheismus eine große Sünde ist.«

»Memoiren« (Fragment, ca. 1855)

Wie heißt der Glaube auf Französisch?*

Ich erinnere mich noch so gut, als wäre es erst gestern geschehen, dass ich durch *la religion* viel Unannehmlichkeiten erfahren. Wohl sechsmal erging an mich die Frage: *Henry*, wie heißt der Glaube auf Französisch? Und sechsmal und immer weinerlicher antwortete ich: das heißt *le crédit*. Und beim siebenten Male, kirschbraun im Gesichte, rief der wütende Examinator: er heißt *la religion* – und es regnete Prügel, und alle Kameraden lachten. Madame! Seit der Zeit kann ich das Wort *religion* nicht erwähnen hören, ohne dass mein Rücken blass vor Schrecken und meine Wange rot vor Scham wird. Und ehrlich gestanden, *le crédit* hat mir im Leben mehr genützt, als *la religion* [...].

»Ideen. Das Buch Le Grand« (1827)

Erkundungen des Himmelreichs

Jüngstens träumte mir: spazieren
In dem Himmelreiche ging ich,
Ich mit dir – denn ohne dich
Wär der Himmel eine Hölle.

Dort sah ich die Auserwählten,
Die Gerechten und die Frommen,
Die auf Erden ihren Leib
Für der Seele Heil gepeinigt:

Kirchenväter und Apostel,
Eremiten, Kapuziner,
Alte Käuze, ein'ge junge –
Letztre sahn noch schlechter aus!

Lange, heilige Gesichter,
Breite Glatzen, graue Bärte,
(Drunter auch verschiedne Juden), –
Gingen streng an uns vorüber,

Warfen keinen Blick nach dir,
Ob du gleich, mein schönes Liebchen,
Tändelnd mir am Arme hingest,
Tändelnd, lächelnd, kokettierend!

Nur ein Einz'ger sah dich an,
Und es war der einz'ge schöne,
Schöne Mann in dieser Schar;
Wunderherrlich war sein Antlitz.

Menschengüte um die Lippen,
Götterruhe in den Augen,
Wie auf Magdalenen einst
Schaute Jener auf dich nieder.

Ach! ich weiß, er meint es gut –
Keiner ist so rein und edel –
Aber ich, ich wurde dennoch
Wie von Eifersucht berühret –

Und ich muss gestehn, es wurde
Mir im Himmel unbehaglich –
Gott verzeih' mir's! mich genierte
Unser Heiland, Jesus Christus.

»Neue Gedichte« (1844)

Mir träumt': ich bin der liebe Gott,
Und sitz' im Himmel droben,
Und Englein sitzen um mich her,
Die meine Verse loben.

Und Kuchen ess' ich und Konfekt
Für manchen lieben Gulden,
Und Kardinal trink' ich dabei,
Und habe keine Schulden.

Doch Langeweile plagt mich sehr,
Ich wollt', ich wär' auf Erden,
Und wär' ich nicht der liebe Gott,
Ich könnt' des Teufels werden.

Du langer Engel Gabriel,
Geh', mach dich auf die Sohlen,
Und meinen teuren Freund Eugen
Sollst du herauf mir holen.

Such' ihn nicht im Collegium,
Such' ihn beim Glas Tokaier;
Such' ihn nicht in der Hedwigskirch,
Such' ihn bei Mamsell Meyer.

Da breitet aus sein Flügelpaar
Und fliegt herab der Engel,
Und packt ihn auf, und bringt herauf
Den Freund, den lieben Bengel.

Ja, Jung', ich bin der liebe Gott,
Und ich regier' die Erde!
Ich hab's ja immer dir gesagt,
Dass ich was Rechts noch werde.

Und Wunder tu' ich alle Tag,
Die sollen dich entzücken,
Und dir zum Spaße will ich heut
Die Stadt Berlin beglücken.

Die Pflastersteine auf der Straß',
Die sollen jetzt sich spalten,
Und eine Auster, frisch und klar,
Soll jeder Stein enthalten.

Ein Regen von Zitronensaft
Soll tauig sie begießen,
Und in den Straßengössen soll
Der beste Rheinwein fließen.

Wie freuen die Berliner sich,
Sie gehen schon an's Fressen;
Die Herren von dem Landgericht,
Die saufen aus den Gössen.

Wie freuen die Poeten sich
Bei solchem Götterfraße!
Die Leutnants und die Fähnderichs,
Die lecken ab die Straße.

Die Leutnants und die Fähnderichs,
Das sind die klügsten Leute,
Sie denken, alle Tag' geschieht
Kein Wunder so wie heute.

»Buch der Lieder« (1827)

Der verlassene Himmel*

Kam auch in den Himmel. Tür und Tor stand offen. Lange, hohe, weithallende Säle, mit altmodischen Vergoldungen, ganz leer, nur dass hie und da, auf einem samtenen Armsessel, ein alter gepuderter Bedienter saß, in verblichen roter Livree und gelinde schlummernd. In manchen Zimmern waren die Türflügel aus ihren Angeln gehoben, an andern Orten waren die Türen fest verschlossen und obendrein mit großen runden Amtssiegeln dreifach versiegelt, wie in Häusern, wo ein Bankrott oder ein Todesfall eingetreten. Kam endlich in ein Zimmer, wo an einem Schreibpult ein alter dünner Mann saß, der unter hohen Papierstößen kramte. War schwarz gekleidet, hatte ganz weiße Haare, ein faltiges Geschäftsgesicht und frug mich mit gedämpfter Stimme: was ich wolle? In meiner Naivität hielt ich ihn für den lieben Herrgott, und ich sprach zu ihm ganz zutrauungsvoll: »Ach, lieber Herrgott, ich möchte donnern lernen, blitzen kann ich ... ach, lehren Sie mich auch donnern!« Sprechen Sie nicht so laut, entgegnete mir heftig der alte dünne Mann, drehte mir den Rücken, und kramte weiter unter seinen Papieren. »Das ist der Herr Registrator«, flüsterte mir einer von den roten Bedienten, der von seinem Schlafsessel sich erhob und sich gähnend die Augen rieb …

»Ludwig Börne. Eine Denkschrift« (1840)

Himmelfahrt

Der Leib lag auf der Totenbahr,
Jedoch die arme Seele war,
Entrissen irdischem Getümmel,
Schon auf dem Wege nach dem Himmel.

Dort klopft' sie an die hohe Pforte,
Und seufzte tief und sprach die Worte:
Sankt Peter, komm und schließe auf!
Ich bin so müde vom Lebenslauf –
Ausruhen möcht' ich auf seidnen Pfühlen
Im Himmelreich, ich möchte spielen
Mit lieben Englein Blindekuh
Und endlich genießen Glück und Ruh!

Man hört Pantoffelgeschlappe jetzund,
Auch klirrt es wie ein Schlüsselbund,
Und aus einem Gitterfenster am Tor
Sankt Peters Antlitz schaut hervor.

Er spricht: »Es kommen die Vagabunde,
Zigeuner, Polacken und Lumpenhunde,
Die Tagediebe, die Hottentotten –
Sie kommen einzeln und in Rotten,

Und wollen in den Himmel hinein
Und Engel werden und selig sein.
Holla! Holla! Für Galgengesichter
Von Eurer Art, für solches Gelichter
Sind nicht erbaut die himmlischen Hallen –
Ihr seid dem leidigen Satan verfallen.
Fort, fort von hier! und trollt Euch schnelle
Zum schwarzen Pfuhle der ewigen Hölle« –

So brummt der Alte, doch kann er nicht
Im Polterton verharren, er spricht
Gutmütig am Ende die tröstenden Worte:
»Du arme Seele, zu jener Sorte
Halunken scheinst du nicht zu gehören –
Nu! Nu! Ich will deinen Wunsch gewähren,
Weil heute mein Geburtstag just
Und mich erweicht barmherzige Lust –
Nenn mir daher die Stadt und das Reich,
Woher du bist; sag mir zugleich,
Ob du vermählt warst? – Eh'liches Dulden
Sühnt oft des Menschen ärgste Schulden;
Ein Ehmann braucht nicht in der Hölle zu schmoren,
Ihn lässt man nicht warten vor Himmelstoren.«

Die Seele antwortet: Ich bin aus Preußen,
Die Vaterstadt ist Berlin geheißen.
Dort rieselt die Spree, und in ihr Bette
Pflegen zu wässern die jungen Kadette;
Sie fließt gemütlich über, wenn's regent –
Berlin ist auch eine schöne Gegend!
Dort bin ich Privatdozent gewesen,

Und hab' über Philosophie gelesen –
Mit einem Stiftsfräulein war ich vermählt,
Doch hat sie oft entsetzlich krakeelt,
Besonders wenn im Haus kein Brot –
Drauf bin ich gestorben und bin jetzt tot.

Sankt Peter rief: »O weh! o weh!
Die Philosophie ist ein schlechtes Metier.
Wahrhaftig, ich begreife nie,
Warum man treibt Philosophie.
Sie ist langweilig und bringt nichts ein,
Und gottlos ist sie obendrein;
Da lebt man nur in Hunger und Zweifel,
Und endlich wird man geholt vom Teufel.
Gejammert hat wohl deine Xantuppe
Oft über die magre Wassersuppe,
Woraus niemals ein Auge von Fett
Sie tröstend angelächelt hätt' –

Nun sei getrost, du arme Seele!
Ich habe zwar die strengsten Befehle,
Jedweden, der sich je im Leben
Mit Philosophie hat abgegeben,
Zumalen mit der gottlos deutschen,
Ich soll ihn schimpflich von hinnen peitschen –
Doch mein Geburtstag, wie gesagt,
Ist eben heut, und fortgejagt
Sollst du nicht werden, ich schließe dir auf
Das Himmelstor, und jetzo lauf
Geschwind herein –

Jetzt bist du geborgen!
Den ganzen Tag, vom frühen Morgen
Bis Abends spät, kannst du spazieren
Im Himmel herum und träumend flanieren
Auf edelsteingepflasterten Gassen.
Doch wisse, hier darfst du dich nie befassen
Mit Philosophie; du würdest mich
Kompromittieren fürchterlich –
Hörst du die Engel singen, so schneide
Ein schiefes Gesicht verklärter Freude –
Hat aber gar ein Erzengel gesungen,
Sei gänzlich von Begeistrung durchdrungen
Und sag ihm, dass die Malibran
Niemals besessen solchen Sopran –
Auch applaudiere immer die Stimm'
Der Cherubim und der Seraphim,
Vergleiche sie mit Signor Rubini,
Mit Mario und Tamburini –
Gib ihnen den Titel von Exzellenzen
Und knickre nicht mit Reverenzen.
Die Sänger, im Himmel wie auf Erden,
Sie wollen alle geschmeichelt werden –
Der Weltkapellenmeister hier oben,
Er selbst sogar, hört gerne loben
Gleichfalls seine Werke, er hört es gern
Wenn man lobsinget Gott dem Herrn,
Und seinem Preis und Ruhm ein Psalm
Erklingt im dicksten Weihrauchqualm.

Vergiss mich nicht. Wenn dir die Pracht
Des Himmels einmal Langweile macht,

So komm zu mir; dann spielen wir Karten.
Ich kenne Spiele von allen Arten,
Vom Lanzknecht bis zum König Pharo.
Wir trinken auch – Doch Apropos!
Begegnet dir von Ungefähr
Der liebe Gott und fragt dich: woher
Du seiest? so sage nicht aus Berlin,
Sag' lieber aus München oder aus Wien.«

»Gedichte. 1853 und 1854« (1854)

Mich locken nicht die Himmelsauen
Im Paradies, im sel'gen Land;
Dort find' ich keine schönre Frauen
Als ich bereits auf Erden fand.

Kein Engel mit den feinsten Schwingen
Könnt' mir ersetzen dort mein Weib;
Auf Wolken sitzend Psalmen singen,
Wär auch nicht just mein Zeitvertreib.

O Herr! ich glaub', es wär das Beste,
Du ließest mich in dieser Welt;
Heil' nur zuvor mein Leibgebreste
Und sorge auch für etwas Geld.

Ich weiß, es ist voll Sünd und Laster
Die Welt; jedoch ich bin einmal
Gewöhnt, auf diesem Erdpechpflaster
Zu schlendern durch das Jammertal.

Genieren wird das Weltgetreibe
Mich nie, denn selten geh' ich aus;
In Schlafrock und Pantoffeln bleibe
Ich gern bei meiner Frau zu Haus.

Lass mich bei ihr! Hör' ich sie schwätzen,
Trinkt meine Seele die Musik
Der holden Stimme mit Ergetzen.
So treu und ehrlich ist ihr Blick!

Gesundheit nur und Geldzulage
Verlang' ich, Herr! O lass mich froh
Hinleben noch viel schöne Tage
Bei meiner Frau im *statu quo*!

»Gedichte. 1853 und 1854« (1854)

Hölle und Teufel

Die teuflische Hypothek*

[...] der liebe Gott war sehr knapp bei Kassa, als er die Welt erschuf. Er musste das Geld dazu vom Teufel borgen und ihm die ganze Schöpfung als Hypothek verschreiben. Da ihm nun der liebe Gott von Gott und Rechts wegen die Welt noch schuldig ist, so darf er ihm auch aus Delikatesse nicht verwehren, sich darin herum zu treiben und Verwirrung und Unheil zu stiften. Der Teufel aber ist seinerseits wieder sehr stark dabei interessiert, dass die Welt nicht ganz zu Grunde und folglich seine Hypothek verloren gehe; er hütet sich daher, es allzu toll zu machen, und der liebe Gott, der auch nicht dumm ist und wohl weiß, dass er im Eigennutz des Teufels seine geheime Garantie hat, geht oft so weit, dass er ihm die ganze Herrschaft der Welt anvertraut, d.h. dem Teufel den Auftrag gibt, ein Ministerium zu bilden.

Dann geschieht, was sich von selbst versteht, Samiel erhält das Kommando der höllischen Heerscharen, Beelzebub wird Kanzler, Vitzliputzli wird Staatssekretär, die alte Großmutter bekommt die Kolonien u.s.w. Diese Verbündeten wirtschaften dann in ihrer Weise, und indem sie, trotz des bösen Willens ihrer Herzen, aus Eigennutz gezwungen sind, das Heil der Welt zu befördern, entschädigen sie sich für diesen Zwang dadurch, dass sie zu den guten Zwecken immer die niederträchtigsten Mittel anwenden.

»Englische Fragmente« (1827)

Ich rief den Teufel und er kam,
Und ich sah ihn mit Verwund'rung an.
Er ist nicht hässlich und ist nicht lahm,
Er ist ein lieber, charmanter Mann,
Ein Mann in seinen besten Jahren,
Verbindlich und höflich und welterfahren.
Er ist ein gescheuter Diplomat,
Und spricht recht schön über Kirch' und Staat.
Blass ist er etwas, doch ist es kein Wunder,
Sanskrit und Hegel studiert er jetzunder.
Sein Lieblingspoet ist noch immer Fouqué.
Doch will er nicht mehr mit Kritik sich befassen,
Die hat er jetzt gänzlich überlassen
Der teuren Großmutter Hekate.
Er lobte mein juristisches Streben,
Hat früher sich auch damit abgegeben.
Er sagte, meine Freundschaft sei
Ihm nicht zu teuer, und nickte dabei,
Und frug: ob wir uns früher nicht
Schon einmal geseh'n beim span'schen Gesandten?
Und als ich recht besah sein Gesicht,
Fand ich in ihm einen alten Bekannten.

»Buch der Lieder« (1827)

Inoffizielle Nachrichten aus der Hölle*

Wie man im Himmel lebt, Madame, können Sie sich wohl vorstellen, umso eher, da Sie verheiratet sind. Dort amüsiert man sich ganz süperbe, man hat alle möglichen Vergnügungen, man lebt in lauter Lust und Pläsir, so recht wie Gott in Frankreich. [...]

Aber von der Hölle, Madame, haben Sie gar keine Idee. Von allen Teufeln kennen Sie vielleicht nur den kleinsten, das Beelzebübchen Amor, den artigen Croupier der Hölle, und diesen selbst kennen sie nur aus dem »Don Juan«, und für diesen Weiberbetrüger, der ein böses Beispiel gibt, dünkt sie Ihnen niemals heiß genug, obgleich unsere hochlöblichen Theaterdirektionen so viel Flammenspektakel, Feuerregen, Pulver und Kolophonium dabei aufgehen lassen, wie es nur irgend ein guter Christ in der Hölle verlangen kann.

Indessen, in der Hölle sieht es viel schlimmer aus, als unsere Theaterdirektoren wissen – sie würden auch sonst nicht so viele schlechte Stücke aufführen lassen –, in der Hölle ist es ganz höllisch heiß, und als ich mal in den Hundstagen dort war, fand ich es nicht zum Aushalten. Sie haben keine Idee von der Hölle, Madame. Wir erlangen dorther wenig offizielle Nachrichten. Dass die armen Seelen da drunten den ganzen Tag all die schlechten Predigten lesen müssen, die hier oben gedruckt werden – das ist Verleumdung. So schlimm ist es nicht in der Hölle, so raffinierte Qualen wird Satan niemals ersinnen. Hingegen Dantes Schilderung ist etwas zu mäßig, im Ganzen allzu poetisch. Mir erschien die Hölle wie eine große bürgerliche Küche, mit einem unendlich langen Ofen, worauf drei Reihen eiserne Töpfe standen, und in diesen saßen die Verdammten und wurden gebraten. In der einen Reihe saßen die christlichen Sünder, und sollte man es wohl glauben! ihre Anzahl war nicht allzu klein, und die Teufel schürten unter ihnen das Feuer mit besonderer Geschäftigkeit. In der anderen Reihe saßen die Juden, die beständig schrien und von den Teufeln zuweilen geneckt wurden, wie es sich denn gar possierlich ausnahm, als ein dicker, pustender Pfänderverleiher über allzu große Hitze klagte und ein Teufelchen ihm einige Eimer kaltes Wasser über den Kopf goss, damit er sähe, dass die Taufe eine wahre erfrischende Wohltat sei. In der dritten Reihe saßen die Heiden, die, ebenso wie die Juden, der Seligkeit nicht teilhaftig werden können und ewig brennen müssen. Ich hörte, wie einer derselben, dem ein vierschrötiger Teufel neue Kohlen unterlegte, gar unwillig aus dem Topfe hervorrief: »Schone meiner, ich war Sokrates, der Weiseste der Sterblichen, ich habe Wahrheit und Gerechtigkeit gelehrt und mein Leben geopfert für die Tugend.« Aber der vierschrötige, dumme Teufel ließ sich in seinem Geschäfte nicht stören und brummte: »Ei was! alle Heiden müssen brennen, und wegen eines einzigen Menschen dürfen wir keine Ausnahme machen.« – Ich versichere Sie, Madame, es war eine fürchterliche Hitze und ein Schreien, Seufzen, Stöhnen, Quäken, Greinen, Quirilieren […].

»Ideen. Das Buch Le Grand« (1827)

Verteufelte Götter*

Nur über das gute Prinzip, über das Reich Christi, hegte man in ganz Europa dieselben Ansichten; dafür sorgte die römische Kirche, und wer hier von der vorgeschriebenen Meinung abwich, war ein Ketzer. Aber über das böse Prinzip, über das Reich Satans, herrschten verschiedene Ansichten in den verschiedenen Ländern, und im germanischen Norden hatte man ganz andere Vorstellungen davon wie im romanischen Süden. Dieses entstand dadurch, dass die christliche Priesterschaft die vorgefundenen alten Nationalgötter nicht als leere Hirngespinste verwarf, sondern ihnen eine wirkliche Existenz einräumte, aber dabei behauptete, alle diese Götter seien lauter Teufel und Teufelinnen gewesen, die, durch den Sieg Christi, ihre Macht über die Menschen verloren und sie jetzt durch Lust und List zur Sünde verlocken wollen. Der ganze Olymp wurde nun eine luftige Hölle [...].

Der Nationalglaube in Europa, im Norden noch viel mehr als im Süden, war pantheistisch, seine Mysterien und Symbole bezogen sich auf einen Naturdienst, in jedem Elemente verehrte man wunderbare Wesen, in jedem Baume atmete eine Gottheit, die ganze Erscheinungswelt war durchgöttert; das Christentum verkehrte diese Ansicht, und an die Stelle einer durchgötterten Natur trat eine durchteufelte. Die heiteren, durch die Kunst verschönerten Gebilde der griechischen Mythologie, die mit der römischen Zivilisation im Süden herrschte, hat man jedoch nicht so leicht in hässliche, schauerliche Satanslarven verwandeln können wie die germanischen Göttergestalten, woran freilich kein besonderer

Kunstsinn gemodelt hatte und die schon vorher so missmütig und trübe waren wie der Norden selbst.

»Zur Geschichte der Religion und Philosophie in Deutschland« (1835)

Das Volk Gottes

Europa erhebt sich zu den Juden*

Die Juden sind ein keusches, enthaltsames, ich möchte fast sagen, abstraktes Volk, und in der Sittenreinheit stehen sie am nächsten den germanischen Stämmen. [...] Es ist in der Tat auffallend, welche innige Wahlverwandtschaft zwischen den beiden Völkern der Sittlichkeit, den Juden und Germanen, herrscht. Diese Wahlverwandtschaft entstand nicht auf historischem Wege, weil etwa die große Familien-Chronik der Juden, die Bibel, der ganzen germanischen Welt als Erziehungsbuch diente, auch nicht weil Juden und Germanen von früh an die unerbittlichsten Feinde der Römer und also natürliche Bundesgenossen waren: Sie hat einen tieferen Grund, und beide Völker sind sich ursprünglich so ähnlich, dass man das ehemalige Palästina für ein orientalisches Deutschland ansehen könnte, wie man das heutige Deutschland für die Heimat des heiligen Wortes, für den Mutterboden des Prophetentums, für die Burg der reinen Geistheit halten sollte.

Aber nicht bloß Deutschland trägt die Physiognomie Palästinas, sondern auch das übrige Europa erhebt sich zu den Juden. Ich sage erhebt sich, denn die Juden trugen schon im Beginne das moderne Prinzip in sich, welches sich heute erst bei den europäischen Völkern sichtbar entfaltet.

Griechen und Römer hingen begeistert an dem Boden, an dem Vaterlande. Die späteren nordischen Einwanderer in die Römer- und Griechenwelt hingen an der Person ihrer Häuptlinge, und an die Stelle des antiken Patriotismus trat im Mittelalter die Vasallentreue, die Anhänglichkeit an die Fürsten. Die Juden aber, von jeher, hingen nur an dem Gesetz, an dem abstrakten Gedanken, wie unsere neueren kosmopolitischen Republikaner, die weder das Geburtsland noch die Person der Fürsten, sondern die Gesetze als das Höchste achten. Ja, der Kosmopolitismus ist ganz eigentlich dem Boden Judäas entsprossen, und Christus, der [...] ein wirklicher Jude war, hat ganz eigentlich eine Propaganda des Weltbürgertums gestiftet. Was den Republikanismus der Juden betrifft, so erinnere ich mich im Josephus gelesen zu haben, dass es zu Jerusalem Republikaner gab, die sich den königlich gesinnten Herodianern entgegensetzten, am mutigsten fochten, niemandem den Namen »Herr« gaben, und den römischen Absolutismus aufs ingrimmigste hassten; Freiheit und Gleichheit war ihre Religion. Welcher Wahn!

»Shakespeares Mädchen und Frauen« (1839)

Vortrefflichkeiten der Juden*

Über das Essen der alten Hebräer könnt' ich weitläuftig mich aussprechen und bis auf die jüdische Küche der neuesten Zeit herabgehen – [...] Ich könnte auch anführen, wie human sich viele Berliner Gelehrte über das Essen der Juden geäußert, ich käme dann auf die anderen Vorzüglichkeiten und Vortrefflichkeiten der Juden, auf die Erfindungen, die man ihnen verdankt, z.B. die Wechsel, das Christentum – aber halt! Letzteres wollen wir ihnen nicht allzu hoch anrechnen, da wir eigentlich noch wenig Gebrauch davon gemacht haben – ich glaube, die Juden selbst haben dabei weniger ihre Rechnung gefunden als bei der Erfindung der Wechsel.

»Ideen. Das Buch Le Grand« (1827)

Das neue Israelitische Hospital zu Hamburg

Ein Hospital für arme, kranke Juden,
Für Menschenkinder, welche dreifach elend,
Behaftet mit den bösen drei Gebresten,
Mit Armut, Körperschmerz und Judentume!

Das schlimmste von den dreien ist das letzte,
Das tausendjährige Familienübel,
Die aus dem Niltal mitgeschleppte Plage,
Der altägyptisch ungesunde Glauben.

Unheilbar tiefes Leid! Dagegen helfen
Nicht Dampfbad, Dusche, nicht die Apparate
Der Chirurgie, noch all die Arzeneien,
Die dieses Haus den siechen Gästen bietet.

Wird einst die Zeit, die ew'ge Göttin, tilgen
Das dunkle Weh, das sich vererbt vom Vater
Herunter auf den Sohn, – wird einst der Enkel
Genesen und vernünftig sein und glücklich?

Ich weiß es nicht! Doch mittlerweile wollen
Wir preisen jenes Herz, das klug und liebreich
Zu lindern suchte, was der Lindrung fähig,
Zeitlichen Balsam träufelnd in die Wunden.

Der teure Mann! Er baute hier ein Obdach
Für Leiden, welche heilbar durch die Künste
Des Arztes, (oder auch des Todes!) sorgte
Für Polster, Labetrank, Wartung und Pflege –

Ein Mann der Tat, tat er was eben tunlich;
Für gute Werke gab er hin den Taglohn
Am Abend seines Lebens, menschenfreundlich,
Durch Wohltun sich erholend von der Arbeit.

Er gab mit reicher Hand – doch reich're Spende
Entrollte manchmal seinem Aug, die Träne,
Die kostbar schöne Träne, die er weinte
Ob der unheilbar großen Brüderkrankheit.

»Neue Gedichte« (1844)

Shylock, der Kaufmann von Venedig*

Der Genius des Shakespeare erhebt sich noch über den Kleinhader zweier Glaubensparteien, und sein Drama zeigt uns eigentlich weder Juden noch Christen, sondern Unterdrücker und Unterdrückte, und das wahnsinnig schmerzliche Aufjauchzen dieser Letzteren, wenn sie ihren übermütigen Quälern die zugefügten Kränkungen mit Zinsen zurückzahlen können. Von Religionsverschiedenheit ist in diesem Stücke nicht die geringste Spur, und Shakespeare zeigt in Shylock nur einen Menschen, dem die Natur gebietet, seinen Feind zu hassen, wie er in Antonio und dessen Freunden keineswegs die Jünger jener göttlichen Lehre schildert, die uns befiehlt, unsere Feinde zu lieben. [...]

Nein, Shylock liebt zwar das Geld, aber es gibt Dinge, die er noch weit mehr liebt, unter anderen auch seine Tochter, »Jessika, mein Kind.« Obgleich er in der höchsten Leidenschaft des Zorns sie verwünscht und tot zu seinen Füßen liegen sehen möchte, mit den Juwelen in den Ohren, mit den Dukaten im Sarg: so liebt er sie doch mehr als alle Dukaten und Juwelen. Aus dem öffentlichen Leben, aus der christlichen Sozietät zurückgedrängt in die enge Umfriedung häuslichen Glückes, blieben ja dem armen Juden nur die Familiengefühle, und diese treten bei ihm hervor mit der rührendsten Innigkeit.

[...] weit mehr als an [...] historische Personen denkst du zu Venedig an Shakespeares Shylock, der immer noch lebt, während jene im Grabe längst vermodert sind, – und wenn du über den Rialto steigst, so sucht ihn dein Auge überall und du meinst, er müsse dort hinter irgend einem Pfeiler zu finden sein, mit seinem jüdischen Rokelor, mit seinem misstrauisch berechnenden Gesicht, und du glaubst manchmal sogar, seine kreischende Stimme zu hören: »dreitausend Dukaten – gut.«

Ich wenigstens, wandelnder Traumjäger, wie ich bin, ich sah mich auf dem Rialto überall um, ob ich ihn irgend fände, den Shylock. Ich hätte ihm etwas mitzuteilen gehabt, was ihm Vergnügen machen konnte, dass z. B. sein Vetter, Herr von Shylock zu Paris, der mächtigste Baron der Christenheit geworden und von Ihrer Katholischen Majestät jenen Isabellenorden erhalten hat, welcher einst gestiftet ward, um die Vertreibung der Juden und Mauren aus Spanien zu verherrlichen. Aber ich bemerkte ihn nirgends auf dem Rialto, und ich entschloss mich daher, den alten Bekannten in der Synagoge zu suchen. Die Juden feierten hier eben ihren heiligen Versöhnungstag und standen eingewickelt in ihren weißen Schaufäden-Talaren, mit unheimlichen Kopfbewegungen, fast aussehend wie eine Versammlung von Gespenstern. Die armen Juden, sie standen dort, fastend und betend, von frühestem Morgen, hatten seit dem Vorabend weder Speise noch Trank zu sich genommen und hatten auch vorher alle ihre Bekannten um Verzeihung gebeten für etwaige Beleidigungen, die sie ihnen im Laufe des Jahres zugefügt, damit ihnen Gott ebenfalls ihre Sünden verzeihe – ein schöner Gebrauch, welcher sich sonderbarer Weise bei diesen Leuten findet, denen doch die Lehre Christi ganz fremd geblieben ist!

Indem ich, nach dem alten Shylock umherspähend, all die blassen, leidenden Judengesichter aufmerksam musterte, machte ich eine Entdeckung, die ich leider nicht verschweigen kann. Ich hatte nämlich denselben Tag das Irrenhaus San Carlo besucht, und jetzt, in der Synagoge, fiel es mir auf, dass in dem Blick der Juden derselbe fatale, halb stiere, halb unstete, halb pfiffige, halb blöde Glanz flimmerte, welchen ich kurz vorher in den Augen der Wahnsinnigen zu San Carlo bemerkt hatte. Dieser unbeschreibliche, rätselhafte Blick zeugte nicht eigentlich von Geistesabwesenheit als vielmehr von der Oberherrschaft einer fixen Idee. Ist etwa der Glaube an jenen außerweltlichen Donnergott, den Moses aussprach, zur fixen Idee eines ganzen Volks geworden, das, trotz dem, dass man es seit zwei Jahrtausenden in die Zwangsjacke steckte und ihm die Dusche gab, dennoch nicht davon ablassen will – gleich jenem verrückten Advokaten, den ich in San Carlo sah und der sich ebenfalls nicht ausreden ließ, dass die Sonne ein englischer Käse sei, dass die Strahlen derselben aus lauter roten Würmern bestünden und dass ihm ein solcher herabgeschossener Wurmstrahl das Hirn zerfresse?

Ich will hiermit keineswegs den Wert jener fixen Idee bestreiten, sondern ich will nur sagen, dass die Träger derselben zu schwach sind, um sie zu beherrschen, und davon niedergedrückt und inkurabel werden. Welches Martyrtum haben sie schon um dieser Idee willen erduldet! Welches größere Martyrtum steht ihnen noch bevor! Ich schaudere bei diesem Gedanken, und ein unendliches Mitleid rieselt mir durchs Herz. Während des ganzen Mittelalters bis zum heutigen Tag stand die herrschende Weltanschauung nicht in direktem Widerspruch mit jener Idee, die Moses den Juden aufgebürdet, ihnen mit heiligen Riemen angeschnallt, ihnen ins Fleisch eingeschnitten hatte; ja, von Christen und Mahometanern unterschieden sie sich nicht wesentlich, unterschieden sie sich nicht durch eine entgegengesetzte Synthese, sondern nur durch Auslegung und Schibboleth. Aber siegt einst Satan, der sündhafte Pantheismus, vor welchem uns sowohl alle Heiligen des alten und des neuen Testaments als auch des Korans bewahren mögen, so zieht sich über die Häupter der armen Juden ein Verfolgungsgewitter, das ihre früheren Erduldungen noch weit überbieten wird …

Trotz dem, dass ich in der Synagoge von Venedig nach allen Seiten umherspähte, konnte ich das Antlitz des Shylocks nirgends erblicken. Und doch war es mir, als halte er sich dort verborgen, unter irgendeinem jener weißen Talare, inbrünstiger betend als seine übrigen Glaubensgenossen, mit stürmischer Wildheit, ja mit Raserei hinaufbetend zum Throne Jehovas, des harten Gottkönigs! Ich sah ihn nicht. Aber gegen Abend, wo, nach dem Glauben der Juden, die Pforten des Himmels geschlossen werden und kein Gebet mehr Einlass erhält, hörte ich eine Stimme, worin Tränen rieselten, wie sie nie mit den Augen geweint werden ... Es war ein Schluchzen, das einen Stein in Mitleid zu rühren vermochte ... Es waren Schmerzlaute, wie sie nur aus einer Brust kommen konnten, die all das Martyrtum, welches ein ganzes gequältes Volk seit achtzehn Jahrhunderten ertragen hat, in sich verschlossen hielt ... Es war das Röcheln einer Seele, welche todmüde niedersinkt vor den Himmelspforten ... Und diese Stimme schien mir wohlbekannt, und mir war, als hätte ich sie einst gehört, wie sie ebenso verzweiflungsvoll jammerte: »Jessika, mein Kind!«

»Shakespeares Mädchen und Frauen« (1839)

Ludwig Marcus und der Verein für Kultur und Wissenschaft des Judentums*

Ludwig Marcus [...] war [...] ein Polyhistor, er stöberte in allen Bereichen des Wissens, [...] aber von allen seinen Geistesexkursionen kam er immer gleichsam nach Hause zurück zu der Leidensgeschichte Israels, zu der Schädelstätte Jerusalems und zu dem kleinen Väterdialekt Palästinas, um dessentwillen er vielleicht die semitischen Sprachen mit größerer Vorliebe als die anderen betrieb. Dieser Zug war wohl der hervorstechend wichtigste im Charakter des Ludwig Marcus, und er gibt ihm seine Bedeutung und sein Verdienst; denn nicht bloß das Tun, nicht bloß die Tatsache der hinterlassenen Leistung gibt uns ein Recht auf ehrende Anerkennung nach dem Tode, sondern auch das Streben selbst und gar besonders das unglückliche Streben, das gescheiterte, fruchtlose aber großmütige Wollen. [...]

Die äußere Erscheinung des kleinen Mannes, die nicht selten zum Lachen reizte, verhinderte ihn jedoch keineswegs, zu den ehrenwertesten Mitgliedern jener Gesellschaft zu zählen, welche [...] unter dem Namen »Verein für Kultur und Wissenschaft des Judentums« eine hochfliegend große, aber unausführbare Idee verfolgte. Geistbegabte und tiefherzige Männer versuchten hier die Rettung einer längst verlorenen Sache, und es gelang ihnen höchstens, auf den Walstätten der Vergangenheit die Gebeine der älteren Kämpfer aufzufinden. Die ganze Ausbeute jenes Vereins besteht in einigen historischen Arbeiten, in Geschichtsforschungen, worunter namentlich die Abhandlungen des Dr. Zunz über die spanischen Juden im Mittelalter zu den Merkwürdigkeiten der höheren Kritik gezählt werden müssen.

Wie dürfte ich von jenem Vereine reden, ohne dieses vortrefflichen Zunz zu erwähnen, der in einer schwankenden Übergangsperiode immer die unerschütterlichste Unwandelbarkeit offenbarte und trotz seines Scharfsinnes, seiner Skepsis, seiner Gelehrsamkeit, dennoch treu blieb dem selbstgegebenen Worte, der großmütigen Grille seiner Seele. Mann der Rede und der Tat, hat er geschaffen und gewirkt, wo andre träumten und mutlos hinsanken.

Ich kann nicht umhin, auch hier meinen lieben Bendavid zu erwähnen, der mit Geist und Charakterstärke eine großartig urbane Bildung vereinigt und obgleich schon hochbejahrt, an den jugendlichsten Irrgedanken des Vereines Teil nahm. Er war ein Weiser nach antikem Zuschnitt, umflossen vom Sonnenlicht griechischer Heiterkeit, ein Standbild der wahrsten Tugend und pflichtgehärtet wie der Marmor des kategorischen Imperativs seines Meisters Immanuel Kant. Bendavid war Zeit seines Lebens der eifrigste Anhänger der kantschen Philosophie, für diese litt er in seiner Jugend die größten Verfolgungen, und dennoch wollte er sich nie trennen von der alten Gemeinde des mosaischen Bekenntnisses, er wollte nie die äußere Glaubenskokarde ändern. Schon der Schein einer solchen Verleugnung erfüllte ihn mit Widerwillen und Ekel. [...]

Das tätigste Mitglied des Vereins, die eigentliche Seele desselben, war Moses Moser, der vor einigen Jahren starb, aber schon im jugendlichsten Alter nicht bloß die gründlichsten Kenntnisse besaß, sondern auch durchglüht war von dem großen Mitleid für die Menschheit, von der Sehnsucht, das Wissen zu verwirklichen in heilsamer Tat. Er war unermüdlich in philanthropischen Bestrebungen, war sehr praktisch und hat in scheinloser Stille an allen Liebeswerken gearbeitet. Das große Publikum hat von seinem Tun und Schaffen nichts erfahren, er focht und blutete inkognito, sein Name ist ganz unbekannt geblieben und steht nicht eingezeichnet in dem Adresskalender der Selbstaufopferung. Unsere Zeit ist nicht so ärmlich, wie man glaubt; sie hat erstaunlich viele solcher anonymen Märtyrer hervorgebracht.

Der Nekrolog des verstorbenen Marcus leitete mich unwillkürlich zu dem Nekrolog des Vereins, zu dessen ehrenwertesten Mitgliedern er gehörte und als dessen Präsident der [...] jetzt ebenfalls verstorbene Eduard Gans sich geltend machte. Dieser hochbegabte Mann kann am wenigsten in Bezug auf bescheidene Selbstaufopferung, auf anonymes Märtyrertum gerühmt werden. Ja, wenn auch seine Seele sich rasch und weit erschloss für alle Heilsfragen der Menschheit, so ließ er doch, selbst im Rausche der Begeisterung, niemals die Personalinteressen außer Acht. Eine witzige Dame, zu welcher Gans oft des Abends zum Tee kam, machte die richtige Bemerkung, dass er während der eifrigsten Diskussion und trotz seiner großen Zerstreutheit dennoch, nach dem Teller der Butterbrote hinlangend, immer diejenigen Butterbrote ergreife, welche nicht mit gewöhnlichem Käse, sondern mit frischem Lachs bedeckt waren.

Die Verdienste des verstorbenen Gans um deutsche Wissenschaft sind allgemein bekannt. Er war einer der rührigsten Apostel der Hegelschen Philosophie […]. Mehr noch durch Wort als durch Schrift förderte Gans die Entwicklung des deutschen Freiheitssinnes, er entfesselte die gebundensten Gedanken und riss der Lüge die Larve ab. Er war ein beweglicher Feuergeist, dessen Witzfunken vortrefflich zündeten oder wenigstens herrlich leuchteten. […]

Mit Bekümmernis muss ich hier erwähnen, dass Gans, in Bezug auf den erwähnten Verein für Kultur und Wissenschaft des Judentums, nichts weniger als tugendhaft handelte und sich die unverzeihlichste Felonie zu Schulden kommen ließ. Sein Abfall war umso widerwärtiger, da er die Rolle eines Agitators gespielt und bestimmte Präsidialpflichten übernommen hatte. Es ist hergebrachte Pflicht, dass der Kapitän immer der letzte sei, der das Schiff verlässt, wenn dasselbe scheitert – Gans aber rettete sich selbst zuerst. […]

Wir haben die Teilnahme des Marcus an dem Verein für Kultur und Wissenschaft des Judentums als einen Umstand bezeichnet, der uns wichtiger und denkwürdiger erschien als all sein stupendes Wissen und seine sämtlichen gelehrten Arbeiten. Ihm selber mag ebenfalls die Zeit, wo er den Bestrebungen und Illusionen jenes Vereins sich hingab, als die sonnigste Blütenstunde seines kümmerlichen Lebens erschienen sein. Deshalb musste hier jenes Vereines ganz besonders Erwähnung geschehen, und eine nähere Erörterung seines Gedankens wäre wohl nicht überflüssig. Aber der Raum und die Zeit und ihre Hüter gestatten in diesen Blättern keine solche ausgeführte Darstellung, da Letztere nicht bloß die religiösen und bürgerlichen Verhältnisse der Juden, sondern auch die aller deistischen Sekten auf diesem Erdball umfassen müsste. Nur so viel will ich hier aussprechen, dass der esoterische Zweck jenes Vereins nichts anderes war als eine Vermittlung des historischen Judentums mit der modernen Wissenschaft, von welcher man annahm, dass sie im Laufe der Zeit zur Weltherrschaft gelangen würde. Unter ähnlichen Umständen, zur Zeit des Philo, als die griechische Philosophie allen alten Dogmen den Krieg erklärte, ward in Alexandrien Ähnliches versucht, mit mehr oder minderem Missgeschick.

»Ludwig Marcus. Denkworte« (1844/1854)

Jehuda ben Halevy
(Fragment)

I.

»Lechzend klebe mir die Zunge
An dem Gaumen, und es welke
Meine rechte Hand, vergäß' ich
Jemals dein, Jerusalem –«

Wort und Weise, unaufhörlich
Schwirren sie mir heut' im Kopfe,
Und mir ist als hört' ich Stimmen,
Psalmodierend, Männerstimmen –

Manchmal kommen auch zum Vorschein
Bärte, schattig lange Bärte –
Traumgestalten, wer von euch
Ist Jehuda ben Halevy?

Doch sie huschen rasch vorüber;
Die Gespenster scheuen furchtsam
Der Lebend'gen plumpen Zuspruch –
Aber ihn hab' ich erkannt –

Ich erkannt' ihn an der bleichen
Und gedankenstolzen Stirne,
An der Augen süßer Starrheit –
Sahn mich an so schmerzlich forschend –

Doch zumeist erkannt ich ihn
An dem rätselhaften Lächeln
Jener schön gereimten Lippen,
Die man nur bei Dichtern findet.

Jahre kommen und verfließen.
Seit Jehuda ben Halevy
Ward geboren, sind verflossen
Sieben hundert fünfzig Jahre –

Hat zuerst das Licht erblickt
Zu Toledo in Kastilien,
Und es hat der goldne Tajo
Ihm sein Wiegenlied gelullet.

Für Entwicklung seines Geistes
Sorgte früh der strenge Vater,
Der den Unterricht begann
Mit dem Gottesbuch, der Thora.

Diese las er mit dem Sohne
In dem Urtext, dessen schöne,
Hieroglyphisch pittoreske,
Altkaldäische Quadratschrift

Herstammt aus dem Kindesalter
Unsrer Welt, und auch deswegen
Jedem kindlichen Gemüte
So vertraut entgegenlacht.

Diesen echten alten Text
Rezitierte auch der Knabe
In der uralt hergebrachten
Singsang-Weise, Tropp geheißen –

Und er gurgelte gar lieblich
Jene fetten Gutturalen,
Und er schlug dabei den Triller,
Den Schalscheleth, wie ein Vogel.

Auch den Targum Onkelos,
Der geschrieben ist in jenem
Plattjudäischen Idiom,
Das wir Aramäisch nennen

Und zur Sprache der Propheten
Sich verhalten mag etwa
Wie das Schwäbische zum Deutschen –
Dieses Gelbveiglein-Hebräisch

Lernte gleichfalls früh der Knabe,
Und es kam ihm solche Kenntnis
Bald darauf sehr gut zu Statten
Bei dem Studium des Talmuds.

Ja, frühzeitig hat der Vater
Ihn geleitet zu dem Talmud,
Und da hat er ihm erschlossen
Die Halacha, diese große

Fechterschule, wo die besten
Dialektischen Athleten
Babylons und Pumpeditas
Ihre Kämpferspiele trieben.

Lernen konnte hier der Knabe
Alle Künste der Polemik;
Seine Meisterschaft bezeugte
Späterhin das Buch Cosari.

Doch der Himmel gießt herunter
Zwei verschiedne Sorten Lichtes:
Grelles Tageslicht der Sonne
Und das mildre Mondlicht – Also,

Also leuchtet auch der Talmud
Zwiefach, und man teilt ihn ein
In Halacha und Hagada.
Erstre nannt' ich eine Fechtschul' –

Letztre aber, die Hagada,
Will ich einen Garten nennen,
Einen Garten, hochphantastisch
Und vergleichbar jenem andern,

Welcher ebenfalls dem Boden
Babylons entsprossen weiland –
Garten der Semiramis,
Achtes Wunderwerk der Welt.

Königin Semiramis,
Die als Kind erzogen worden
Von den Vögeln, und gar manche
Vögeltümlichkeit bewahrte,

Wollte nicht auf platter Erde
Promenieren wie wir andern
Säugetiere, und sie pflanzte
Einen Garten in der Luft –

Hoch auf kolossalen Säulen
Prangten Palmen und Zypressen,
Goldorangen, Blumenbeete,
Marmorbilder, auch Springbrunnen,

Alles klug und fest verbunden
Durch unzähl'ge Hänge-Brücken,
Die wie Schlingepflanzen aussahn
Und worauf sich Vögel wiegten –

Große, bunte, ernste Vögel,
Tiefe Denker, die nicht singen,
Während sie umflattert kleines
Zeisigvolk, das lustig trillert –

Alle atmen ein, beseligt,
Einen reinen Balsamduft,
Welcher unvermischt mit schnödem
Erdendunst und Missgeruche.

Die Hagada ist ein Garten
Solcher Luftkindgrillen-Art,
Und der junge Talmudschüler,
Wenn sein Herze war bestäubet

Und betäubet vom Gezänke
Der Halacha, vom Dispute
Über das fatale Ei,
Das ein Huhn gelegt am Festtag,

Oder über eine Frage
Gleicher Importanz – der Knabe
Floh alsdann sich zu erfrischen
In die blühende Hagada,

Wo die schönen alten Sagen,
Engelmärchen und Legenden,
Stille Märtyrerhistorien,
Festgesänge, Weisheitsprüche,

Auch Hyperbeln, gar possierlich,
Alles aber glaubenskräftig,
Glaubensglühend – O, das glänzte,
Quoll und spross so überschwänglich –

Und des Knaben edles Herze
Ward ergriffen von der wilden,
Abenteuerlichen Süße,
Von der wundersamen Schmerzlust

Und den fabelhaften Schauern
Jener seligen Geheimwelt,
Jener großen Offenbarung,
Die wir nennen Poesie.

Auch die Kunst der Poesie,
Heitres Wissen, holdes Können,
Welches wir die Dichtkunst heißen,
Tat sich auf dem Sinn des Knaben.

Und Jehuda ben Halevy
Ward nicht bloß ein Schriftgelehrter,
Sondern auch der Dichtkunst Meister,
Sondern auch ein großer Dichter.

Ja, er ward ein großer Dichter
Stern und Fackel seiner Zeit,
Seines Volkes Licht und Leuchte,
Eine wunderbare, große

Feuersäule des Gesanges,
Die der Schmerzenskarawane
Israels vorangezogen
In der Wüste des Exils.

Rein und wahrhaft, sonder Makel
War sein Lied, wie seine Seele –
Als der Schöpfer sie erschaffen,
Diese Seele, selbstzufrieden

Küsste er die schöne Seele,
Und des Kusses holder Nachklang
Bebt in jedem Lied des Dichters,
Das geweiht durch diese Gnade.

Wie im Leben, so im Dichten
Ist das höchste Gut die Gnade –
Wer sie hat, der kann nicht sünd'gen
Nicht in Versen, noch in Prosa.

Solchen Dichter von der Gnade
Gottes nennen wir Genie:
Unverantwortlicher König
Des Gedankenreiches ist er.

Nur dem Gotte steht er Rede,
Nicht dem Volke – In der Kunst,
Wie im Leben kann das Volk
Töten uns, doch niemals richten. –

II.

Bei den Wassern Babels saßen
Wir und weinten, unsre Harfen
Lehnten an den Trauerweiden –
Kennst du noch das alte Lied?

Kennst du noch die alte Weise,
Die im Anfang so elegisch
Greint und sumset, wie ein Kessel,
Welcher auf dem Herde kocht?

Lange schon, jahrtausendlange
Kocht's in mir. Ein dunkles Wehe!
Und die Zeit leckt meine Wunde,
Wie der Hund die Schwären Hiobs.

Dank dir, Hund, für deinen Speichel –
Doch das kann nur kühlend lindern –
Heilen kann mich nur der Tod,
Aber, ach, ich bin unsterblich!

Jahre kommen und vergehen –
In dem Webstuhl läuft geschäftig
Schnurrend hin und her die Spule –
Was er webt, das weiß kein Weber.

Jahre kommen und vergehen,
Menschentränen träufeln, rinnen
Auf die Erde, und die Erde
Saugt sie ein mit stiller Gier –

Tolle Sud! Der Deckel springt –
Heil dem Manne, dessen Hand
Deine junge Brut ergreifet
Und zerschmettert an der Felswand.

Gott sei Dank! die Sud verdampfet
In dem Kessel, der allmählich
Ganz verstummt. Es weicht mein Spleen,
Mein westöstlich dunkler Spleen –

Auch mein Flügelrösslein wiehert
Wieder heiter, scheint den bösen
Nachtalp von sich abzuschütteln,
Und die klugen Augen fragen:

Reiten wir zurück nach Spanien
Zu dem kleinen Talmudisten,
Der ein großer Dichter worden,
Zu Jehuda ben Halevy?

Ja, er ward ein großer Dichter,
Absoluter Traumweltsherrscher
Mit der Geisterkönigskrone,
Ein Poet von Gottes Gnade,

Der in heiligen Sirventen,
Madrigalen und Terzinen,
Canzonetten und Ghaselen
Ausgegossen alle Flammen

Seiner gottgeküssten Seele!
Wahrlich ebenbürtig war
Dieser Troubadour den besten
Lautenschlägern der Provence,

Poitous und der Guienne,
Roussillons und aller andern
Süßen Pomeranzenlande
Der galanten Christenheit.

Der galanten Christenheit
Süße Pomeranzenlande!
Wie sie duften, glänzen, klingen
In dem Zwielicht der Erinnrung!

Schöne Nachtigallenwelt!
Wo man statt des wahren Gottes
Nur den falschen Gott der Liebe
Und der Musen angebeten.

Clerici mit Rosenkränzen
Auf der Glatze, sangen Psalmen
In der heitern Sprache *d'oc*;
Und die Laien, edle Ritter,

Stolz auf hohen Rossen trabend,
Spintisierten Vers und Reime
Zur Verherrlichung der Dame,
Der ihr Herze fröhlich diente.

Ohne Dame keine Minne,
Und es war dem Minnesänger
Unentbehrlich eine Dame,
Wie dem Butterbrot die Butter.

Auch der Held, den wir besingen,
Auch Jehuda ben Halevy
Hatte seine Herzensdame;
Doch sie war besondrer Art.

Sie war keine Laura, deren
Augen, sterbliche Gestirne,
In dem Dome am Karfreitag
Den berühmten Brand gestiftet –

Sie war keine Chatelaine,
Die im Blütenschmuck der Jugend
Bei Turnieren präsidierte
Und den Lorbeerkranz erteilte –

Keine Kussrechtskasuistin
War sie, keine Doktrinärrin,
Die im Spruchkollegium
Eines Minnehofs dozierte –

Jene, die der Rabbi liebte,
War ein traurig armes Liebchen,
Der Zerstörung Jammerbildnis,
Und sie hieß Jerusalem.

Schon in frühen Kindestagen
War sie seine ganze Liebe;
Sein Gemüte machte beben
Schon das Wort Jerusalem.

Purpurflamme auf der Wange
Stand der Knabe, und er horchte
Wenn ein Pilger nach Toledo
Kam aus fernem Morgenlande

Und erzählte: wie verödet
Und verunreint jetzt die Stätte,
Wo am Boden noch die Lichtspur
Von dem Fuße der Propheten –

Wo die Luft noch balsamieret
Von dem ew'gen Odem Gottes –
O des Jammeranblicks! rief
Einst ein Pilger, dessen Bart

Silberweiß hinabfloss, während
Sich das Barthaar an der Spitze
Wieder schwärzte und es aussah,
Als ob sich der Bart verjünge –

Ein gar wunderlicher Pilger
Mocht' es sein, die Augen lugten
Wie aus tausendjähr'gem Trübsinn
Und er seufzt': »Jerusalem!

Sie, die volkreich heil'ge Stadt
Ist zur Wüstenei geworden,
Wo Waldteufel, Werwolf, Schakal
Ihr verruchtes Wesen treiben –

Schlangen, Nachtgevögel nisten
Im verwitterten Gemäuer;
Aus des Fensters luft'gem Bogen
Schaut der Fuchs mit Wohlbehagen.

Hier und da taucht auf zuweilen
Ein zerlumpter Knecht der Wüste,
Der sein höckriges Kamel
In dem hohen Grase weidet.

Auf der edlen Höhe Zions,
Wo die goldne Veste ragte,
Deren Herrlichkeiten zeugten
Von der Pracht des großen Königs:

Dort, von Unkraut überwuchert,
Liegen nur noch graue Trümmer,
Die uns ansehn schmerzhaft traurig,
Dass man glauben muss, sie weinten.

Und es heißt, sie weinten wirklich
Einmal in dem Jahr, an jenem
Neunten Tag des Monats Ab –
Und mit tränend eignen Augen

Schaute ich die dicken Tropfen
Aus den großen Steinen sickern,
Und ich hörte weheklagen
Die gebrochnen Tempelsäulen.« –

Solche fromme Pilgersagen
Weckten in der jungen Brust
Des Jehuda ben Halevy
Sehnsucht nach Jerusalem.

Dichtersehnsucht! ahnend, träumend
Und fatal war sie, wie jene,
Die auf seinem Schloss zu Blaye
Einst empfand der edle Vidam,

Messer Geoffroi Rudello,
Als die Ritter, die zurück
Aus dem Morgenlande kehrten,
Laut beim Becherklang beteuert:

Ausbund aller Huld und Züchten,
Perl' und Blume aller Frauen,
Sei die schöne Melisande,
Markgräfin von Tripolis.

Jeder weiß, für diese Dame
Schwärmte jetzt der Troubadour;
Er besang sie, und es wurde
Ihm zu eng im Schlosse Blaye.

Und es trieb ihn fort. Zu Cette
Schiffte er sich ein, erkrankte
Aber auf dem Meer, und sterbend
Kam er an zu Tripolis.

Hier erblickt' er Melisanden
Endlich auch mit Leibesaugen,
Die jedoch des Todes Schatten
In derselben Stunde deckten.

Seinen letzten Liebessang
Singend, starb er zu den Füßen
Seiner Dame Melisande,
Markgräfin von Tripolis.

Wunderbare Ähnlichkeit
In dem Schicksal beider Dichter!
Nur dass jener erst im Alter
Seine große Wallfahrt antrat.

Auch Jehuda ben Halevy
Starb zu Füßen seiner Liebsten,
Und sein sterbend Haupt, es ruhte
Auf den Knien Jerusalems.

III.

Nach der Schlacht bei Arabella,
Hat der große Alexander
Land und Leute des Darius,
Hof und Harem, Pferde, Weiber,

Elefanten und Dariken,
Kron' und Zepter, goldnen Plunder,
Eingesteckt in seine weiten
Macedon'schen Pluderhosen.

In dem Zelt des großen Königs,
Der entflohn, um nicht höchstselbst
Gleichfalls eingesteckt zu werden,
Fand der junge Held ein Kästchen,

Eine kleine güldne Truhe,
Mit Miniaturbildwerken
Und mit inkrustierten Steinen
Und Kameen reich geschmückt –

Dieses Kästchen, selbst ein Kleinod
Unschätzbaren Wertes, diente
Zur Bewahrung von Kleinodien,
Des Monarchen Leibjuwelen.

Letztre schenkte Alexander
An die Tapfern seines Heeres,
Darob lächelnd, dass sich Männer
Kindisch freun an bunten Steinchen.

Eine kostbar schönste Gemme
Schickte er der lieben Mutter;
War der Siegelring des Cyrus,
Wurde jetzt zu einer Brosche.

Seinem alten Weltarschpauker
Aristoteles, dem sandt' er
Einen Onyx für sein großes
Naturalienkabinett.

In dem Kästchen waren Perlen,
Eine wunderbare Schnur,
Die der Königin Atossa
Einst geschenkt der falsche Smerdis –

Doch die Perlen waren echt –
Und der heitre Sieger gab sie
Einer schönen Tänzerin
Aus Korinth, mit Namen Thais.

Diese trug sie in den Haaren,
Die bacchantisch aufgelöst,
In der Brandnacht, als sie tanzte
Zu Persepolis und frech

In die Königsburg geschleudert
Ihre Fackel, dass laut prasselnd
Bald die Flammenlohe aufschlug,
Wie ein Feuerwerk zum Feste.

Nach dem Tod der schönen Thais,
Die an einer babylon'schen
Krankheit starb zu Babylon,
Wurden ihre Perlen dort

Auf dem Börsensaal vergantert.
Sie erstand ein Pfaff aus Memphis,
Der sie nach Ägypten brachte,
Wo sie später auf dem Putztisch

Der Cleopatra erschienen,
Die die schönste Perl' zerstampft
Und mit Wein vermischt verschluckte,
Um Antonius zu foppen.

Mit dem letzten Omayaden
Kam die Perlenschnur nach Spanien,
Und sie schlängelte am Turban
Des Kalifen zu Corduva.

Abderam der Dritte trug sie
Als Brustschleife beim Turnier,
Wo er dreißig goldne Ringe
Und das Herz Zuleimas stach.

Nach dem Fall der Mohrenherrschaft
Gingen zu den Christen über
Auch die Perlen und gerieten
In den Kronschatz von Kastilien.

Die kathol'schen Majestäten
Span'scher Königinnen schmückten
Sich damit bei Hoffestspielen,
Stiergefechten, Prozessionen,

So wie auch Autodafés,
Wo sie auf Balkonen sitzend
Sich erquickten am Geruche
Von gebratnen alten Juden.

Späterhin gab Mendizabel,
Satans-Enkel, diese Perlen
In Versatz, um der Finanzen
Defizit damit zu decken.

An dem Hof der Tuilerien
Kam die Schnur zuletzt zum Vorschein,
Und sie schimmerte am Halse
Der Baronin Salomon.

So erging's den schönen Perlen.
Minder abenteuerlich
Ging's dem Kästchen, dies behielt
Alexander für sich selber.

Er verschloss darin die Lieder
Des ambrosischen Homeros,
Seines Lieblings, und zu Häupten
Seines Bettes in der Nacht

Stand das Kästchen – schlief der König,
Stiegen draus hervor der Helden
Lichte Bilder, und sie schlichen
Gaukelnd sich in seine Träume.

Andre Zeiten, andre Vögel –
Ich, ich liebte weiland gleichfalls
Die Gesänge von den Taten
Des Peliden, des Odysseus.

Damals war so sonnengoldig
Und so purpurn mir zu Mute,
Meine Stirn' umkränzte Weinlaub,
Und es tönten die Fanfaren –

Still davon – gebrochen liegt
Jetzt mein stolzer Siegeswagen,
Und die Panther, die ihn zogen,
Sind verreckt, so wie die Weiber,

Die mit Pauk' und Zimbelklängen
Mich umtanzten, und ich selbst
Wälze mich am Boden elend,
Krüppelelend – still davon –

Still davon – es ist die Rede
Von dem Kästchen des Darius,
Und ich dacht' in meinem Sinne:
Käm' ich in Besitz des Kästchens,

Und mich zwänge nicht Finanznot
Gleich dasselbe zu versilbern,
So verschlösse ich darin
Die Gedichte unsres Rabbi –

Des Jehuda ben Halevy
Festgesänge, Klagelieder,
Die Ghaselen, Reisebilder
Seiner Wallfahrt – alles ließ ich

Von dem besten Zophar schreiben
Auf der reinsten Pergamenthaut,
Und ich legte diese Handschrift
In das kleine goldne Kästchen.

Dieses stellt' ich auf den Tisch
Neben meinem Bett, und kämen
Dann die Freunde und erstaunten
Ob der Pracht der kleinen Truhe,

Ob den seltnen Basreliefen,
Die so winzig, doch vollendet
Sind zugleich, und ob den großen
Inkrustierten Edelsteinen –

Lächelnd würd' ich ihnen sagen:
Das ist nur die rohe Schale,
Die den bessern Schatz verschließet –
Hier in diesem Kästchen liegen

Diamanten, deren Lichter
Abglanz, Widerschein des Himmels,
Herzblutglühende Rubinen,
Fleckenlose Turkoasen,

Auch Smaragde der Verheißung,
Perlen, reiner noch als jene
Die der Königin Atossa
Einst geschenkt der falsche Smerdis,

Und die späterhin geschmücket
Alle Notabilitäten
Dieser mondumkreisten Erde,
Thais und Cleopatra,

Isispriester, Mohrenfürsten,
Auch Hispaniens Königinnen
Und zuletzt die hochverehrte
Frau Baronin Salomon –

Diese weltberühmten Perlen,
Sie sind nur der bleiche Schleim
Eines armen Austertiers,
Das im Meergrund blöde kränkelt:

Doch die Perlen hier im Kästchen
Sind entquollen einer schönen
Menschenseele, die noch tiefer,
Abgrundtiefer als das Weltmeer –

Denn es sind die Tränenperlen
Des Jehuda ben Halevy,
Die er ob dem Untergang
Von Jerusalem geweinet –

Perlentränen, die verbunden
Durch des Reimes goldnen Faden,
Aus der Dichtkunst güldnen Schmiede
Als ein Lied hervorgegangen.

Dieses Perlentränenlied
Ist die vielberühmte Klage,
Die gesungen wird in allen
Weltzerstreuten Zelten Jakobs

An dem neunten Tag des Monats,
Der geheißen Ab, dem Jahrstag
Von Jerusalems Zerstörung
Durch den Titus Vespasianus.

Ja, das ist das Zionslied,
Das Jehuda ben Halevy
Sterbend auf den heil'gen Trümmern
Von Jerusalem gesungen –

Barfuß und im Büßerkittel
Saß er dorten auf dem Bruchstück
Einer umgestürzten Säule; –
Bis zur Brust herunter fiel

Wie ein greiser Wald sein Haupthaar,
Abenteuerlich beschattend
Das bekümmert bleiche Antlitz
Mit den geisterhaften Augen –

Also saß er und er sang,
Wie ein Seher aus der Vorzeit
Anzuschaun – dem Grab entstiegen
Schien Jeremias, der Alte –

Das Gevögel der Ruinen
Zähmte schier der wilde Schmerzlaut
Des Gesanges, und die Geier
Nahten horchend, fast mitleidig –

Doch ein frecher Sarazene
Kam desselben Wegs geritten,
Hoch zu Ross, im Bug sich wiegend
Und die blanke Lanze schwingend –

In die Brust des armen Sängers
Stieß er diesen Todesspeer,
Und er jagte rasch von dannen,
Wie ein Schattenbild beflügelt.

Ruhig floss das Blut des Rabbi,
Ruhig seinen Sang zu Ende
Sang er, und sein sterbeletzter
Seufzer war Jerusalem! –

Eine alte Sage meldet,
Jener Sarazene sei
Gar kein böser Mensch gewesen,
Sondern ein verkappter Engel,

Der vom Himmel ward gesendet,
Gottes Liebling zu entrücken
Dieser Erde, und zu fördern
Ohne Qual ins Reich der Sel'gen.

Droben, heißt es, harrte seiner
Ein Empfang der schmeichelhaft
Ganz besonders für den Dichter,
Eine himmlische Sürprise.

Festlich kam das Chor der Engel
Ihm entgegen mit Musik,
Und als Hymne grüßten ihn
Seine eignen Verse, jenes

Synagogen-Hochzeitcarmen,
Jene Sabbat-Hymenäen,
Mit den jauchzend wohlbekannten
Melodien – welche Töne!

Englein bliesen auf Hauboen,
Englein spielten Violine,
Andre strichen auch die Bratsche
Oder schlugen Pauk' und Zimbel.

Und das sang und klang so lieblich,
Und so lieblich in den weiten
Himmelsräumen widerhallt es:
Lecho Daudi Likras Kalle.

IV.

Meine Frau ist nicht zufrieden
Mit dem vorigen Kapitel,
Ganz besonders in Bezug
Auf das Kästchen des Darius.

Fast mit Bitterkeit bemerkt sie:
Dass ein Ehemann, der wahrhaft
Religiöse sei, das Kästchen
Gleich zu Gelde machen würde,

Um damit für seine arme
Legitime Ehegattin
Einen Kaschemir zu kaufen,
Dessen sie so sehr bedürfe.

Der Jehuda ben Halevy,
Meinte sie, der sei hinlänglich
Ehrenvoll bewahrt in einem
Schönen Futteral von Pappe

Mit chinesisch eleganten
Arabesken, wie die hübschen
Bonbonnièren von Maquis
Im Passage Panorama.

Sonderbar! – setzt sie hinzu –
Dass ich niemals nennen hörte
Diesen großen Dichternamen,
Den Jehuda ben Halevy.

Liebstes Kind, gab ich zur Antwort,
Solche holde Ignoranz,
Sie bekundet die Lakunen
Der französischen Erziehung,

Der Pariser Pensionate,
Wo die Mädchen, diese künft'gen
Mütter eines freien Volkes,
Ihren Unterricht genießen –

Alte Mumien, ausgestopfte
Pharaonen von Ägypten,
Merowinger Schattenkön'ge,
Ungepuderte Perücken,

Auch die Zopfmonarchen Chinas,
Porzellanpagodenkaiser –
Alle lernen sie auswendig,
Kluge Mädchen, aber Himmel –

Fragt man sie nach großen Namen
Aus dem großen Goldzeitalter
Der arabisch-althispanisch
Jüdischen Poetenschule,

Fragt man nach dem Dreigestirn,
Nach Jehuda ben Halevy,
Nach dem Salomon Gabirol
Und dem Moses Iben Esra –

Fragt man nach dergleichen Namen,
Dann mit großen Augen schaun
Uns die Kleinen an – alsdann
Stehn am Berge die Ochsinnen.

Raten möcht' ich dir, Geliebte,
Nachzuholen das Versäumte
Und Hebräisch zu erlernen –
Lass Theater und Konzerte,

Widme ein'ge Jahre solchem
Studium, du kannst alsdann
Im Originale lesen
Iben Esra und Gabirol

Und versteht sich den Halevy,
Das Triumvirat der Dichtkunst,
Das dem Saitenspiel Davidis
Einst entlockt die schönsten Laute.

Alcharisi – der, ich wette,
Dir nicht minder unbekannt ist,
Ob er gleich, französ'scher Witzbold,
Den Hariri überwitzelt

Im Gebiete der Makame,
Und ein Voltairianer war
Schon sechs hundert Jahr vor Voltair' –
Jener Alcharisi sagte:

»Durch Gedanken glänzt Gabirol
Und gefällt zumeist dem Denker,
Iben Esra glänzt durch Kunst
Und behagt weit mehr dem Künstler –

Aber beider Eigenschaften
Hat Jehuda ben Halevy,
Und er ist ein großer Dichter
Und ein Liebling aller Menschen.«

Iben Esra war ein Freund
Und ich glaube auch ein Vetter
Des Jehuda ben Halevy,
Der in seinem Wanderbuche

Schmerzlich klagt, wie er vergebens
In Granada aufgesucht hat
Seinen Freund, und nur den Bruder
Dorten fand, den Medikus,

Rabbi Meyer, auch ein Dichter
Und der Vater jener Schönen,
Die mit hoffnungsloser Flamme
Iben Esras Herz entzunden –

Um das Mühmchen zu vergessen,
Griff er nach dem Wanderstabe,
Wie so mancher der Kollegen;
Lebte unstet, heimatlos.

Pilgernd nach Jerusalem,
Überfielen ihn Tartaren,
Die an einen Gaul gebunden
Ihn nach ihren Steppen schleppten.

Musste Dienste dort verrichten,
Die nicht würdig eines Rabbi
Und noch wen'ger eines Dichters,
Musste nämlich Kühe melken.

Einstens, als er unterm Bauche
Einer Kuh gekauert saß,
Ihre Euter hastig fingernd,
Dass die Milch floss in den Zuber –

Eine Position, unwürdig
Eines Rabbis, eines Dichters –
Da befiel ihn tiefe Wehmut
Und er fing zu singen an,

Und er sang so schön und lieblich,
Dass der Chan, der Fürst der Horde,
Der vorbeiging, ward gerühret
Und die Freiheit gab dem Sklaven.

Auch Geschenke gab er ihm,
Einen Fuchspelz, eine lange
Sarazenenmandoline
Und das Zehrgeld für die Heimkehr.

Dichterschicksal! böser Unstern,
Der die Söhne des Apollo
Tödlich nergelt und sogar
Ihren Vater nicht verschont hat,

Als er hinter Daphnen laufend
Statt des weißen Nymphenleibes
Nur den Lorbeerbaum erfasste,
Er, der göttliche Schlemihl!

Ja, der hohe Delphier ist
Ein Schlemihl, und gar der Lorbeer,
Der so stolz die Stirne krönet,
Ist ein Zeichen des Schlemihltums.

Was das Wort Schlemihl bedeutet,
Wissen wir. Hat doch Chamisso
Ihm das Bürgerrecht in Deutschland
Längst verschafft, dem Worte nämlich.

Aber unbekannt geblieben,
Wie des heil'gen Niles Quellen,
Ist sein Ursprung; hab' darüber
Nachgegrübelt manche Nacht.

Zu Berlin vor vielen Jahren
Wandt' ich mich deshalb an unsern
Freund Chamisso, suchte Auskunft
Beim Dekane der Schlemihle.

Doch er konnt' mich nicht befried'gen
Und verwies mich drob an Hitzig,
Der ihm den Familiennamen
Seines schattenlosen Peters

Einst verraten. Alsbald nahm ich
Eine Droschke und ich rollte
Zu dem Kriminalrat Hitzig,
Welcher eh'mals Itzig hieß –

Als er noch ein Itzig war,
Träumte ihm, er säh' geschrieben
An dem Himmel seinen Namen
Und davor den Buchstab H.

»Was bedeutet dieses H?«
Frug er sich – »etwa Herr Itzig
Oder Heil'ger Itzig? Heil'ger
Ist ein schöner Titel – aber

In Berlin nicht passend« – Endlich
Grübelnsmüd nannt' er sich Hitzig,
Und nur die Getreuen wussten,
In dem Hitzig steckt ein Heil'ger.

Heil'ger Hitzig! sprach ich also,
Als ich zu ihm kam, Sie sollen
Mir die Etymologie
Von dem Wort Schlemihl erklären.

Viel Umschweife nahm der Heil'ge,
Konnte sich nicht recht erinnern,
Eine Ausflucht nach der andern,
Immer christlich – Bis mir endlich,

Endlich alle Knöpfe rissen
An der Hose der Geduld,
Und ich anfing so zu fluchen,
So gottlästerlich zu fluchen,

Dass der fromme Pietist,
Leichenblass und beineschlotternd,
Unverzüglich mir willfahrte
Und mir Folgendes erzählte:

»In der Bibel ist zu lesen,
Als zur Zeit der Wüstenwandrung
Israel sich oft erlustigt
Mit den Töchtern Kanaans,

Da geschah es, dass der Pinhas
Sahe, wie der edle Simri
Buhlschaft trieb mit einem Weibsbild
Aus dem Stamm der Kananiter,

Und alsbald ergriff er zornig
Seinen Speer und hat den Simri
Auf der Stelle totgestochen –
Also heißt es in der Bibel.

Aber mündlich überliefert
Hat im Volke sich die Sage,
Dass es nicht der Simri war,
Den des Pinhas Speer getroffen,

Sondern dass der Blinderzürnte,
Statt des Sünders, unversehens
Einen ganz Unschuld'gen traf,
Den Schlemihl ben Zuri Schadday.« – –

Dieser nun, Schlemihl I.,
Ist der Ahnherr des Geschlechtes
Derer von Schlemihl. Wir stammen
Von Schlemihl ben Zuri Schadday.

Freilich keine Heldentaten
Meldet man von ihm, wir kennen
Nur den Namen und wir wissen
Dass er ein Schlemihl gewesen.

Doch geschätzet wird ein Stammbaum
Nicht ob seinen guten Früchten,
Sondern nur ob seinem Alter –
Drei Jahrtausend zählt der unsre!

Jahre kommen und vergehen –
Drei Jahrtausende verflossen,
Seit gestorben unser Ahnherr,
Herr Schlemihl ben Zuri Schadday.

Längst ist auch der Pinhas tot –
Doch sein Speer hat sich erhalten,
Und wir hören ihn beständig
Über unsre Häupter schwirren.

Und die besten Herzen trifft er –
Wie Jehuda ben Halevy,
Traf er Moses Iben Esra
Und er traf auch den Gabirol –

Den Gabirol, diesen treuen
Gottgeweihten Minnesänger,
Diese fromme Nachtigall
Deren Rose Gott gewesen –

Diese Nachtigall, die zärtlich
Ihre Liebeslieder sang
In der Dunkelheit der gotisch
Mittelalterlichen Nacht!

Unerschrocken, unbekümmert
Ob den Fratzen und Gespenstern,
Ob dem Wust von Tod und Wahnsinn,
Die gespukt in jener Nacht –

Sie, die Nachtigall, sie dachte
Nur an ihren göttlich Liebsten,
Dem sie ihre Liebe schluchzte,
Den ihr Lobgesang verherrlicht! –

Dreißig Lenze sah Gabirol
Hier auf Erden, aber Fama
Ausposaunte seines Namens
Herrlichkeit durch alle Lande.

Zu Corduba, wo er wohnte,
War ein Mohr sein nächster Nachbar,
Welcher gleichfalls Verse machte
Und des Dichters Ruhm beneidet'.

Hörte er den Dichter singen,
Schwoll dem Mohren gleich die Galle
Und der Lieder Süße wurde
Bittrer Wermut für den Neidhart.

Er verlockte den Verhassten
Nächtlich in sein Haus, erschlug ihn
Dorten und vergrub den Leichnam
Hinterm Hause in dem Garten.

Aber siehe! aus dem Boden,
Wo die Leiche eingescharrt war,
Wuchs hervor ein Feigenbaum
Von der wunderbarsten Schönheit.

Seine Frucht war seltsam länglich
Und von seltsam würz'ger Süße;
Wer davon genoss, versank
In ein träumerisch Entzücken.

In dem Volke ging darüber
Viel Gerede und Gemunkel,
Das am End zu den erlauchten
Ohren des Kalifen kam.

Dieser prüfte eigenzüngig
Jenes Feigenphänomen,
Und ernannte eine strenge
Untersuchungskommission.

Man verfuhr summarisch. Sechzig
Bambushiebe auf die Sohlen
Gab man gleich dem Herrn des Baumes,
Welcher eingestand die Untat.

Darauf Riss man auch den Baum
Mit den Wurzeln aus dem Boden,
Und zum Vorschein kam die Leiche
Des erschlagenen Gabirol.

Diese ward mit Pomp bestattet
Und betrauert von den Brüdern;
An demselben Tage henkte
Man den Mohren zu Corduba.

»Romanzero« (1851)

Das Christentum

Der Sieg des Evangeliums*

Wenn du auch die Wunder des Evangeliums leugnen möchtest, so kannst du doch nicht leugnen, dass der Sieg des Evangeliums selber ein Wunder war. Eine kleine Schar wehrloser Menschen drang in die große Römerwelt, trotzte ihren Schergen und Weisen und triumphierte durch das bloße Wort. Aber welch ein Wort! Das morsche Heidentum erbebte und krachte bei dem Worte dieser fremden Männer und Frauen, die ein neues Himmelreich ankündigten und nichts fürchteten auf der alten Erde, nicht die Tatzen der wilden Tiere, nicht den Grimm der noch wilderen Menschen, nicht das Schwert, nicht die Flamme ... denn sie selber waren Schwert und Flamme, Flamme und Schwert Gottes!

»Elementargeister« (1838)

Die Idee des Christentums*

[...] das Christentum ist eine Idee und als solche unzerstörbar, wie jede Idee. Was ist aber diese Idee?

Wie sich diese Idee historisch gebildet und in der Erscheinungswelt manifestiert, ließe sich wohl schon in den ersten Jahrhunderten nach Christi Geburt entdecken, wenn wir namentlich in der Geschichte der Manichäer und der

Gnostiker vorurteilsfrei nachforschen. Obgleich Erstere verketzert und Letztere verschrien sind und die Kirche sie verdammt hat, so erhielt sich doch ihr Einfluss auf das Dogma, aus ihrer Symbolik entwickelte sich die katholische Kunst, und ihre Denkweise durchdrang das ganze Leben der christlichen Völker. Die Manichäer sind ihrer letzten Gründe nach nicht sehr verschieden von den Gnostikern. Die Lehre von den beiden Prinzipien, dem guten und dem bösen, die sich bekämpfen, ist beiden eigen. Die einen, die Manichäer, erhielten diese Lehre aus der altpersischen Religion, wo Ormuz, das Licht, dem Ariman, der Finsternis, feindlich entgegengesetzt ist. Die anderen, die eigentlichen Gnostiker, glaubten vielmehr an die Präexistenz des guten Prinzips und erklärten die Entstehung des bösen Prinzips durch Emanation, durch Generationen von Äonen, die, je mehr sie von ihrem Ursprung entfernt sind, sich desto trüber verschlechtert. Nach Cerinthus war der Erschaffer unserer Welt keineswegs der höchste Gott, sondern nur eine Emanation desselben, einer von den Äonen, der eigentliche Demiurgos, der allmählich ausgeartet ist und jetzt, als böses Prinzip, dem aus dem höchsten Gott unmittelbar entsprungenen Logos, dem guten Prinzip, feindselig gegenüberstehe. Diese gnostische Weltansicht ist urindisch und sie führte mit sich die Lehre von der Inkarnation Gottes, von der Abtötung des Fleisches, vom geistigen Insichselbstversenken, sie gebar das asketisch beschauliche Mönchsleben, welches die reinste Blüte der christlichen Idee. Diese Idee hat sich in der Dogmatik nur sehr verworren und im Kultus nur sehr trübe aussprechen können. Doch sehen wir überall die Lehre von den beiden Prinzipien hervortreten; dem guten Christus steht der böse Satan entgegen; die Welt des Geistes wird durch Christus, die Welt der Materie durch Satan repräsentiert; jenem gehört unsere Seele, diesem unser Leib; und die ganze Erscheinungswelt, die Natur, ist demnach ursprünglich böse, und Satan, der Fürst der Finsternis, will uns damit ins Verderben locken, und es gilt, allen sinnlichen Freuden des Lebens zu entsagen, unseren Leib, das Lehen Satans, zu peinigen, damit die Seele sich desto herrlicher emporschwinge in den lichten Himmel, in das strahlende Reich Christi.

Diese Weltansicht, die eigentliche Idee des Christentums, hatte sich, unglaublich schnell, über das ganze römische Reich verbreitet, wie eine ansteckende Krankheit, das ganze Mittelalter hindurch dauerten die Leiden, manchmal Fieberwut, manchmal Abspannung, und wir Modernen fühlen noch immer Krämpfe und Schwäche in den Gliedern. Ist auch mancher von uns schon genesen, so kann er doch der allgemeinen Lazarettluft nicht entrinnen, und er fühlt sich unglücklich als der einzig Gesunde unter lauter Siechen. Einst wenn die Menschheit ihre völlige Gesundheit wieder erlangt, wenn der Friede zwischen Leib und Seele wieder hergestellt und sie wieder in ursprünglicher Harmonie sich durchdringen: dann wird man den künstlichen Hader, den das Christentum zwischen beiden gestiftet, kaum begreifen können. Die glücklicheren und schöneren Generationen, die, gezeugt durch freie Wahlumarmung, in einer Religion der Freude emporblühen, werden wehmütig lächeln über ihre armen Vorfahren, die sich aller Genüsse dieser schönen Erde trübsinnig enthielten, und, durch Abtötung der warmen farbigen Sinnlichkeit, fast zu kalten Gespenstern verblichen sind!

Ja, ich sage es bestimmt, unsere Nachkommen werden schöner und glücklicher sein als wir. Denn ich glaube an den

Fortschritt, ich glaube, die Menschheit ist zur Glückseligkeit bestimmt, und ich hege also eine größere Meinung von der Gottheit als jene frommen Leute, die da wähnen, sie habe den Menschen nur zum Leiden erschaffen. Schon hier auf Erden möchte ich durch die Segnungen freier politischer und industrieller Institutionen jene Seligkeit etablieren, die nach der Meinung der Frommen erst am jüngsten Tage, im Himmel, stattfinden soll. Jenes ist vielleicht ebenso wie dieses eine törichte Hoffnung, und es gibt keine Auferstehung der Menschheit, weder im politisch moralischen, noch im apostolisch katholischen Sinne. Die Menschheit ist vielleicht zu ewigem Elend bestimmt, die Völker sind vielleicht auf ewig verdammt, von Despoten zertreten, von den Spießgesellen derselben exploitiert und von den Lakaien verhöhnt zu werden ... Ach! in diesem Falle müsste man das Christentum, selbst wenn man es als Irrtum erkannt, dennoch zu erhalten suchen, man müsste in der Mönchskutte und barfuß durch Europa laufen und die Nichtigkeit aller irdischen Güter und Entsagung predigen und den gegeißelten und verspotteten Menschen das tröstende Kruzifix vorhalten und ihnen nach dem Tode, dort oben, alle sieben Himmel versprechen!

Vielleicht eben weil die Großen dieser Erde ihrer Obermacht gewiss sind und im Herzen beschlossen haben, sie ewig zu unserem Unglück zu missbrauchen, sind sie von der Notwendigkeit des Christentums für ihre Völker überzeugt, und es ist im Grunde ein zartes Menschlichkeitsgefühl, dass sie sich für die Erhaltung dieser Religion so viele Mühe geben!

Das endliche Schicksal des Christentums ist also davon abhängig, ob wir dessen noch bedürfen. Diese Religion war eine Wohltat für die leidende Menschheit während achtzehn Jahrhunderten, sie war providentiell, göttlich, heilig. Alles was sie der Zivilisation genutzt, indem sie die Starken zähmte und die Zahmen stärkte, die Völker verband durch gleiches Gefühl und gleiche Sprache und was sonst noch von ihren Apologeten hervorgerühmt wird, das ist sogar noch unbedeutend in Vergleichung mit jener großen Tröstung, die sie durch sich selbst den Menschen angedeihen lassen. Ewiger Ruhm gebührt dem Symbol jenes leidenden Gottes, des Heilands mit der Dornenkrone, des gekreuzigten Christus, dessen Blut gleichsam der lindernde Balsam war, der in die Wunden der Menschheit herabrann. Besonders der Dichter wird die schauerliche Erhabenheit dieses Symbols mit Ehrfurcht anerkennen. [...]

Der Versuch einer Ausführung dieser Idee hat in der Geschichte unendlich viel herrliche Erscheinungen hervorgebracht, und die Poeten aller Zeiten werden noch lange davon singen und sagen. Der Versuch, die Idee des Christentums zur Ausführung zu bringen, ist jedoch, wie wir endlich sehen, aufs kläglichste verunglückt, und dieser unglückliche Versuch hat der Menschheit Opfer gekostet, die unberechenbar sind, und trübselige Folge derselben ist unser jetziges soziales Unwohlsein in ganz Europa. Wenn wir noch, wie viele glauben, im Jugendalter der Menschheit leben, so gehörte das Christentum gleichsam zu ihren überspanntesten Studentenideen, die weit mehr ihrem Herzen als ihrem Verstande Ehre machen. Die Materie, das Weltliche, überließ das Christentum den Händen Cäsars und seiner jüdischen Kammerknechte und begnügte sich damit, Ersterem die Suprematie abzusprechen und Letztere in der öffentlichen Meinung zu fletrieren – aber siehe! das gehasste Schwert und das verachtete Geld erringen dennoch am Ende die

Obergewalt, und die Repräsentanten des Geistes müssen sich mit ihnen verständigen. Ja, aus diesem Verständnis ist sogar eine solidarische Allianz geworden. Nicht bloß die römischen, sondern auch die englischen, die preußischen, kurz, alle privilegierten Priester haben sich verbündet mit Cäsar und Konsorten, zur Unterdrückung der Völker. [...] Die Menschheit ist aller Hostien überdrüssig, und lechzt nach nahrhafterer Speise, nach echtem Brot und schönem Fleisch.

»Zur Geschichte der Religion und Philosophie in Deutschland« (1835)

Katholizismus

Eine Sommerreligion*

Wahrlich, ein solcher Dom mit seinem gedämpften Lichte und seiner wehenden Kühle ist ein angenehmer Aufenthalt, wenn draußen greller Sonnenschein und drückende Hitze. Davon hat man gar keinen Begriff in unserem protestantischen Norddeutschland, wo die Kirchen nicht so komfortabel gebaut sind und das Licht so frech durch die unbemalten Vernunftscheiben hineinschießt und selbst die kühlen Predigten vor der Hitze nicht genug schützen. Man mag sagen, was man will, der Katholizismus ist eine gute Sommerreligion. Es lässt sich gut liegen auf den Bänken dieser alten Dome, man genießt dort die kühle Andacht, ein heiliges Dolce far niente, man betet und träumt und sündigt in Gedanken, die Madonnen nicken so verzeihend aus ihren Nischen, weiblich gesinnt verzeihen sie sogar, wenn man ihre eigenen holden Züge in die sündigen Gedanken verflochten hat, und zum Überfluss steht noch in jeder Ecke ein brauner Notstuhl des Gewissens, wo man sich seiner Sünden entledigen kann.

»Reise von München nach Genua« (1830)

Die Wallfahrt nach Kevlaar

I.

Am Fenster stand die Mutter,
Im Bette lag der Sohn.
»Willst du nicht aufstehn, Wilhelm,
Zu schaun die Prozession?« –

»Ich bin so krank, o Mutter,
Dass ich nicht hör' und seh';
Ich denk' an das tote Gretchen,
Da tut das Herz mir weh.« –

»Steh' auf, wir wollen nach Kevlaar,
Nimm Buch und Rosenkranz;
Die Mutter Gottes heilt dir
Dein krankes Herze ganz.«

Es flattern die Kirchenfahnen,
Es singt im Kirchenton;
Das ist zu Köllen am Rheine,
Da geht die Prozession.

Die Mutter folgt der Menge,
Den Sohn, den führet sie,
Sie singen beide im Chore:
Gelobt seist du Marie!

II.

Die Mutter Gottes zu Kevlaar
Trägt heut' ihr bestes Kleid;
Heut' hat sie viel zu schaffen,
Es kommen viel kranke Leut'.

Die kranken Leute bringen
Ihr dar, als Opferspend',
Aus Wachs gebildete Glieder,
Viel wächserne Füß' und Händ'.

Und wer eine Wachshand opfert,
Dem heilt an der Hand die Wund';
Und wer einen Wachsfuß opfert,
Dem wird der Fuß gesund.

Nach Kevlaar ging Mancher auf Krücken,
Der jetzo tanzt auf dem Seil',
Gar Mancher spielt jetzt die Bratsche,
Dem dort kein Finger war heil.

Die Mutter nahm ein Wachslicht,
Und bildete d'raus ein Herz.
»Bring das der Mutter Gottes,
Dann heilt sie deinen Schmerz.«

Der Sohn nahm seufzend das Wachsherz,
Ging seufzend zum Heiligenbild;
Die Träne quillt aus dem Auge,
Das Wort aus dem Herzen quillt:

»Du Hochgebenedeite,
Du reine Gottesmagd,
Du Königin des Himmels,
Dir sei mein Leid geklagt!

Ich wohnte mit meiner Mutter
Zu Köllen in der Stadt,
Der Stadt, die viele hundert
Kapellen und Kirchen hat.

Und neben uns wohnte Gretchen,
Doch die ist tot jetzund –
Marie, dir bring' ich ein Wachsherz,
Heil' du meine Herzenswund'.

Heil' du mein krankes Herze,
Ich will auch spät und früh'
Inbrünstiglich beten und singen:
Gelobt seist du, Marie!«

III.

Der kranke Sohn und die Mutter,
Die schliefen im Kämmerlein;
Da kam die Mutter Gottes
Ganz leise geschritten herein.

Sie beugte sich über den Kranken,
Und legte ihre Hand
Ganz leise auf sein Herze,
Und lächelte mild und schwand.

Die Mutter schaut alles im Traume,
Und hat noch mehr geschaut;
Sie erwachte aus dem Schlummer,
Die Hunde bellten so laut.

Da lag dahingestrecket
Ihr Sohn, und der war tot;
Es spielt auf den bleichen Wangen
Das lichte Morgenrot.

Die Mutter faltet die Hände,
Ihr war, sie wusste nicht wie;
Andächtig sang sie leise:
Gelobt seist du, Marie!

»Buch der Lieder« (1827)

Feindschaft gegen die römische Kirche*

Von fanatischer Feindschaft gegen die römische Kirche kann bei mir nicht die Rede sein, da es mir immer an jener Borniertheit fehlt, die zu einer solchen Animosität nötig ist. Ich kenne zu gut meine geistige Taille, um nicht zu wissen, dass ich einem Kolosse, wie die Peterskirche ist, mit meinem wütendsten Anrennen wenig schaden dürfte; nur ein bescheidener Handlanger konnte ich sein bei dem langsamen Abtragen seiner Quadern, welches Geschäft freilich doch noch viele Jahrhunderte dauern mag. Ich war zu sehr Geschichtskundiger, als dass ich nicht die Riesenhaftigkeit jenes Granitgebäudes erkannt hätte […]. Als Denker, als Metaphysiker, musste ich immer der Konsequenz der römisch-katholischen Dogmatik meine Bewunderung zollen; auch darf ich mich rühmen, weder das Dogma noch den Kultus je durch Witz und Spötterei bekämpft zu haben, und man hat mir zugleich zu viel Ehre und zu viel Unehre erzeigt, wenn man mich einen Geistesverwandten Voltaires nannte. Ich war immer ein Dichter, und deshalb musste sich mir die Poesie, welche in der Symbolik des katholischen Dogmas und Kultus blüht und lodert, viel tiefer als andern Leuten offenbaren, und nicht selten in meiner Jünglingszeit überwältigte auch mich die unendliche Süße, die geheimnisvoll selige Überschwänglichkeit und schauerliche Todeslust jener Poesie: auch ich schwärmte manchmal für die hochgebenedeite Königin des Himmels, die Legenden ihrer Huld und Güte brachte ich in zierliche Reime […].

»Geständnisse« (1854)

Protestantismus

Missverständnisse
Martin Luther und die katholische Kirche*

Ja, wenn man mich aufs Gewissen früge, würde ich eingestehen, dass der Papst, Leo X., eigentlich weit vernünftiger war als Luther, und dass dieser die letzten Gründe der katholischen Kirche gar nicht begriffen hat. Denn Luther hatte nicht begriffen, dass die Idee des Christentums, die Vernichtung der Sinnlichkeit, gar zu sehr in Widerspruch war mit der menschlichen Natur, als dass sie jemals im Leben ganz ausführbar gewesen sei; er hatte nicht begriffen, dass der Katholizismus gleichsam ein Konkordat war zwischen Gott und dem Teufel, d.h. zwischen dem Geist und der Materie, wodurch die Alleinherrschaft des Geistes in der Theorie ausgesprochen wird, aber die Materie in den Stand gesetzt wird, alle ihre annullierten Rechte in der Praxis auszuüben. Daher ein kluges System von Zugeständnissen, welche die Kirche zum Besten der Sinnlichkeit gemacht hat, obgleich immer unter Formen, welche jeden Akt der Sinnlichkeit fletrieren und dem Geiste seine höhnischen Usurpationen verwahren. Du darfst den zärtlichen Neigungen des Herzens Gehör geben und ein schönes Mädchen umarmen, aber du musst eingestehen, dass es eine schändliche Sünde war, und für diese Sünde musst du Abbuße tun. Dass diese Abbuße durch Geld geschehen konnte, war ebenso wohltätig für die Menschheit wie nützlich für die Kirche. Die Kirche ließ sozusagen Wehrgeld bezahlen für jeden fleischlichen Genuss, und da entstand eine Taxe für alle Sorten von Sünden, und es gab heilige Kolporteurs, welche, im Namen der römischen Kirche, die Ablasszettel für jede taxierte Sünde im Lande feilboten, und ein solcher war jener Tetzel, wogegen Luther zuerst auftrat. Unsere Historiker meinen, dieses Protestieren gegen den Ablasshandel sei ein geringfügiges Ereignis gewesen und erst durch römischen Starrsinn sei Luther, der anfangs nur gegen einen Missbrauch der Kirche geeifert, dahingetrieben worden, die ganze Kirchenautorität in ihrer höchsten Spitze anzugreifen. Aber das ist eben ein Irrtum, der Ablasshandel war kein Missbrauch, er war eine Konsequenz des ganzen Kirchensystems, und indem Luther ihn angriff, hatte er die Kirche selbst angegriffen, und diese musste ihn als Ketzer verdammen. Leo X., der feine Florentiner, der Schüler des Politian, der Freund des Raffael, der griechische Philosoph mit der dreifachen Krone, die ihm das Konklav vielleicht deshalb erteilte, weil er an einer Krankheit litt, die keineswegs durch christliche Abstinenz entsteht und damals noch sehr gefährlich war .... Leo von Medici, wie musste er lächeln über den armen, keuschen, einfältigen Mönch, der da wähnte, das Evangelium sei die Charte des Christentums und diese Charte müsse eine Wahrheit sein! Er hat vielleicht gar nicht gemerkt, was Luther wollte, indem er damals viel zu sehr beschäftigt war mit dem Bau der Peterskirche, dessen Kosten eben mit den Ablassgeldern bestritten wurden, so dass die Sünde ganz eigentlich das Geld hergab zum Bau dieser Kirche, die dadurch gleichsam ein Monument sinnlicher Lust wurde, wie jene Pyramide, die ein ägyptisches Freudenmädchen für das Geld erbaute, das sie durch Prostitution erworben.

»Zur Geschichte der Religion und Philosophie in Deutschland« (1835)

Denkfreiheit
Martin Luther und die Reformation*

Die erlauchten Leute, die Anno 1521 im Reichssaale zu Worms versammelt waren, mochten wohl allerlei Gedanken im Herzen tragen, die im Widerspruch standen mit den Worten ihres Mundes. Da saß ein junger Kaiser, der sich, mit jugendlicher Herrscherwonne, in seinen neuen Purpurmantel wickelte und sich heimlich freute, dass der stolze Römer, der die Vorgänger im Reiche so oft misshandelt und noch immer seine Anmaßungen nicht aufgegeben, jetzt die wirksamste Zurechtweisung gefunden. Der Repräsentant jenes Römers hatte seinerseits wieder die geheime Freude, dass ein Zwiespalt unter jenen Deutschen entstand, die, wie betrunkene Barbaren, so oft das schöne Italien überfallen und ausgeplündert und es noch immer mit neuen Überfällen und Plünderungen bedrohten. Die weltlichen Fürsten freuten sich, dass sie mit der neuen Lehre sich auch zu gleicher Zeit die alten Kirchengüter zu Gemüte führen konnten. Die hohen Prälaten überlegten schon, ob sie nicht ihre Köchinnen heiraten und ihre Kurstaaten, Bistümer und Abteien auf ihre männlichen Sprösslinge vererben könnten. Die Abgeordneten der Städte freuten sich einer neuen Erweiterung ihrer Unabhängigkeit. Jeder hatte hier was zu gewinnen und dachte heimlich an irdische Vorteile.

Doch ein Mann war dort, von dem ich überzeugt bin, dass er nicht an sich dachte, sondern nur an die göttlichen Interessen, die er vertreten sollte. Dieser Mann war Martin Luther, der arme Mönch, den die Vorsehung auserwählt, jene römische Weltmacht zu brechen, wogegen schon die stärksten Kaiser und kühnsten Weisen vergeblich angekämpft. Aber die Vorsehung weiß sehr gut, auf welche Schultern sie ihre Lasten legt; hier war nicht bloß eine geistige, sondern auch eine physische Kraft nötig. Eines durch klösterliche Strenge und Keuschheit von Jugend auf gestählten Leibes bedurfte es, um die Mühseligkeiten eines solchen Amtes zu ertragen. Unser teurer Meister war damals noch mager und sah sehr blass aus, so dass die roten, wohlgefütterten Herren des Reichstags fast mit Mitleid auf den armseligen Mann in der schwarzen Kutte herabsahen. Aber er war doch ganz gesund, und seine Nerven waren so fest, dass ihn der glänzende Tumult nicht im mindesten einschüchterte, und gar seine Lunge muss stark gewesen sein. Denn nachdem er seine lange Verteidigung gesprochen, musste er, weil der Kaiser kein Hochdeutsch verstand, sie in lateinischer Sprache wiederholen. Ich ärgere mich jedes Mal, wenn ich daran denke; denn unser teurer Meister stand neben einem offenen Fenster, der Zugluft ausgesetzt, während ihm der Schweiß von der Stirne troff. Durch das lange Reden mochte er wohl sehr ermüdet und sein Gaumen mochte wohl etwas trocken geworden sein. Der muss jetzt großen Durst haben, dachte gewiss der Herzog von Braunschweig; wenigstens lesen wir, dass er dem Martin Luther drei Kannen des besten Einbecker Biers in die Herberge zuschickte. Ich werde diese edle Tat dem Hause Braunschweig nie vergessen.

Wie von der Reformation, so hat man auch von ihrem Helden sehr falsche Begriffe in Frankreich. Die nächste Ursache dieses Nichtbegreifens liegt wohl darin, dass Luther nicht bloß der größte, sondern auch der deutscheste Mann unserer Geschichte ist; dass in seinem Charakter alle Tugenden und Fehler der Deutschen aufs Großartigste vereinigt sind; dass er auch persönlich das wunderbare Deutschland repräsentiert. Dann hatte er auch Eigenschaften, die wir selten vereinigt finden und die wir gewöhnlich sogar als feindliche Gegensätze antreffen. Er war zugleich ein träumerischer Mystiker und ein praktischer Mann der Tat. Seine Gedanken hatten nicht bloß Flügel, sondern auch Hände; er sprach und handelte. Er war nicht bloß die Zunge, sondern auch das Schwert seiner Zeit. Auch war er zugleich ein kalter scholastischer Wortklauber und ein begeisterter, gottberauschter Prophet. Wenn er des Tags über mit seinen dogmatischen Distinktionen sich mühsam abgearbeitet, dann griff er des Abends zu seiner Flöte und betrachtete die Sterne und zerfloss in Melodie und Andacht. Derselbe Mann, der wie ein Fischweib schimpfen konnte, er konnte auch weich sein wie eine zarte Jungfrau. Er war manchmal wild wie der Sturm, der die Eiche entwurzelt, und dann war er wieder sanft wie der Zephir, der mit Veilchen kost. Er war voll der schauerlichsten Gottesfurcht, voll Aufopferung zu Ehren des heiligen Geistes, er konnte sich ganz versenken ins reine Geisttum; und dennoch kannte er sehr gut die Herrlichkeiten dieser Erde und wusste sie zu schätzen, und aus seinem Munde erblühte der famose Wahlspruch: Wer nicht liebt Wein, Weiber und Gesang, der bleibt ein Narr sein Leben lang. Er war ein kompletter Mensch, ich möchte sagen ein absoluter Mensch, in welchem Geist und Materie nicht getrennt sind. Ihn einen Spiritualisten nennen, wäre daher ebenso irrig, als nennte man ihn einen Sensualisten. Wie soll ich sagen, er hatte etwas Ursprüngliches, Unbegreifliches, Mirakulöses, wie wir es bei allen providentiellen Männern finden, etwas schauerlich Naives, etwas tölpelhaft Kluges, etwas erhaben Borniertes, etwas unbezwingbar Dämonisches.

Luthers Vater war Bergmann zu Mansfeld, und da war der Knabe oft bei ihm in der unterirdischen Werkstatt, wo die mächtigen Metalle wachsen und die starken Urquellen rieseln, und das junge Herz hatte vielleicht unbewusst die geheimsten Naturkräfte in sich eingesogen oder wurde gar gefeit von den Berggeistern. Daher mag auch so viel Erdstoff, so viel Leidenschaftschlacke, an ihm kleben geblieben sein, wie man dergleichen ihm hinlänglich vorwirft. Man hat aber unrecht, ohne jene irdische Beimischung hätte er nicht ein Mann der Tat sein können. Reine Geister können nicht handeln. [...] Ruhm dem Luther! Ewiger Ruhm dem teuren Manne, dem wir die Rettung unserer edelsten Güter verdanken, und von dessen Wohltaten wir noch heute leben! Es ziemt uns wenig, über die Beschränktheit seiner Ansichten zu klagen. Der Zwerg, der auf den Schultern des Riesen steht, kann freilich weiter schauen als dieser selbst, besonders wenn er eine Brille aufgesetzt; aber zu der erhöhten Anschauung fehlt das hohe Gefühl, das Riesenherz, das wir uns nicht aneignen können. Es ziemt uns noch weniger, über seine Fehler ein herbes Urteil zu fällen; diese Fehler haben uns mehr genutzt als die Tugenden von tausend anderen. Die Feinheit des Erasmus und die Milde des Melanchthon hätten uns nimmer so weit gebracht wie manchmal die göttliche Brutalität des Bruder Martin. [...]

Von dem Reichstage an, wo Luther die Autorität des Papstes leugnet und öffentlich erklärt: »dass man seine Lehre durch die Aussprüche der Bibel selbst oder durch vernünftige Gründe widerlegen müsse!«, da beginnt ein neues Zeitalter in Deutschland. Die Kette, womit der heilige Bonifaz die deutsche Kirche an Rom gefesselt, wird entzwei gehauen. Diese Kirche, die vorher einen integrierenden Teil der großen Hierarchie bildete, zerfällt in religiöse Demokratien. Die Religion selber wird eine andere; es verschwindet daraus das indisch gnostische Element, und wir sehen, wie sich wieder das judäisch deistische Element darin erhebt. Es entsteht das evangelische Christentum. Indem die notwendigsten Ansprüche der Materie nicht bloß berücksichtigt, sondern auch legitimiert werden, wird die Religion wieder eine Wahrheit. Der Priester wird Mensch und nimmt ein Weib und zeugt Kinder, wie Gott es verlangt. Dagegen Gott selbst wird wieder ein himmlischer Hagestolz ohne Familie; die Legitimität seines Sohnes wird bestritten; die Heiligen werden abgedankt; den Engeln werden die Flügel beschnitten; die Mutter Gottes verliert alle ihre Ansprüche an die himmlische Krone, und es wird ihr untersagt, Wunder zu tun. [...]

Indessen, wenn bei uns in Deutschland durch den Protestantismus mit den alten Mirakeln auch sehr viel andere Poesie verloren ging, so gewannen wir doch mannigfaltigen Ersatz. Die Menschen wurden tugendhafter und edler. Der Protestantismus hatte den günstigsten Einfluss auf jene Reinheit der Sitten und jene Strenge in der Ausübung der Pflichten, welche wir gewöhnlich Moral nennen; ja, der Protestantismus hat in manchen Gemeinden eine Richtung genommen, wodurch er am Ende mit dieser Moral ganz zusammenfällt und das Evangelium nur als schöne Parabel gültig bleibt. Besonders sehen wir jetzt eine erfreuliche Veränderung im Leben der Geistlichen. Mit dem Zölibat verschwanden auch fromme Unzüchte und Mönchslaster. Unter den protestantischen Geistlichen finden wir nicht selten die tugendhaftesten Menschen, Menschen vor denen selbst die alten Stoiker Respekt hätten. Man muss zu Fuß, als armer Student, durch Norddeutschland wandern, um zu erfahren wie viel Tugend, und damit ich der Tugend ein schönes Beiwort gebe, wie viel evangelische Tugend, manchmal in so einer scheinlosen Pfarrerwohnung zu finden ist. Wie oft, des Winterabends, fand ich da eine gastfreie Aufnahme, ich, ein Fremder, der keine andere Empfehlung mitbrachte, außer dass ich Hunger hatte und müde war. Wenn ich dann gut gegessen und gut geschlafen hatte und des Morgens weiter ziehen wollte, kam der alte Pastor im Schlafrock und gab mir noch den Segen auf den Weg, welches mir nie Unglück gebracht hat; und die gutmütig geschwätzige Frau Pastorin steckte mir einige Butterbrote in die Tasche, welche mich nicht minder erquickten; und in schweigender Ferne standen die schönen Predigertöchter mit ihren errötenden Wangen und Veilchenaugen, deren schüchternes Feuer, noch in der Erinnerung, für den ganzen Wintertag mein Herz erwärmte.

Indem Luther den Satz aussprach, dass man seine Lehre nur durch die Bibel selber oder durch vernünftige Gründe widerlegen müsse, war der menschlichen Vernunft das Recht eingeräumt, die Bibel zu erklären, und sie, die Vernunft, war als oberste Richterin in allen religiösen Streitfragen anerkannt. Dadurch entstand in Deutschland die sogenannte Geistesfreiheit oder, wie man sie ebenfalls nennt, die Denkfreiheit. Das Denken ward ein Recht, und die Befugnisse der Vernunft wurden legitim. Freilich, schon seit einigen Jahrhunderten hatte man ziemlich frei denken und reden können, und die Scholastiker haben über Dinge disputiert, wovon wir kaum begreifen, wie man sie im Mittelalter auch nur aussprechen durfte. Aber dieses geschah vermittelst der Distinktion, welche man zwischen theologischer und philosophischer Wahrheit machte, eine Distinktion, wodurch man sich gegen Ketzerei ausdrücklich verwahrte; und das geschah auch nur innerhalb den Hörsälen der Universitäten, und in einem gotisch abstrusen Latein, wovon doch das Volk nichts verstehen konnte, so dass wenig Schaden für die Kirche dabei zu befürchten war. Dennoch hatte die Kirche solches Verfahren nie eigentlich erlaubt, und dann und wann hat sie auch wirklich einen armen Scholastiker verbrannt. Jetzt aber, seit Luther, machte man gar keine Distinktion mehr zwischen theologischer und philosophischer Wahrheit, und man disputierte auf öffentlichem Markt und in der deutschen Landessprache und ohne Scheu und Furcht. Die Fürsten, welche die Reformation annahmen, haben diese Denkfreiheit legitimiert, und eine wichtige, weltwichtige Blüte derselben ist die deutsche Philosophie.

»Zur Geschichte der Religion und Philosophie in Deutschland« (1835)

Das Wunder des Wortes
Martin Luthers Bibelübersetzung*

Aber Martin Luther gab uns nicht bloß die Freiheit der Bewegung, sondern auch das Mittel der Bewegung; dem Geist gab er nämlich einen Leib. Er gab dem Gedanken auch das Wort. Er schuf die deutsche Sprache.

Dieses geschah, indem er die Bibel übersetzte.

In der Tat, der göttliche Verfasser dieses Buchs scheint es eben so gut wie wir anderen gewusst zu haben, dass es gar nicht gleichgültig ist, durch wen man übersetzt wird, und er wählte selber seinen Übersetzer und verlieh ihm die wundersame Kraft, aus einer toten Sprache, die gleichsam schon begraben war, in eine andere Sprache zu übersetzen, die noch gar nicht lebte.

Man besaß zwar die Vulgata, die man verstand, so wie auch die Septuaginta, die man schon verstehen konnte. Aber die Kenntnis des Hebräischen war in der christlichen Welt ganz erloschen. Nur die Juden, die sich, hie und da, in einem Winkel dieser Welt verborgen hielten, bewahrten noch die Traditionen dieser Sprache. Wie ein Gespenst, das einen Schatz bewacht, der ihm einst im Leben anvertraut worden, so saß dieses gemordete Volk, dieses Volk-Gespenst, in seinen dunklen Ghettos und bewahrte dort die hebräische Bibel; und in diese verrufenen Schlupfwinkel sah man die deutschen Gelehrten heimlich hinabsteigen, um den Schatz zu heben, um die Kenntnis der hebräischen Sprache zu erwerben. Als die katholische Geistlichkeit merkte, dass ihr von dieser Seite Gefahr drohte, dass das Volk auf diesem Seitenweg zum wirklichen Wort Gottes gelangen und die römischen Fälschungen entdecken konnte: da hätte man gern auch die jüdische Tradition unterdrückt, und man ging damit um, alle hebräischen Bücher zu vernichten, und am Rhein begann die Bücherverfolgung, wogegen unser vortrefflicher Doktor Reuchlin so glorreich gekämpft hat. [...] Es galt die Unterdrückung der hebräischen Sprache. Als Reuchlin siegte, konnte Luther sein Werk beginnen. [...]

Ich [...] weiß nicht, wie die Sprache, die wir in der lutherschen Bibel finden, entstanden ist. Aber ich weiß, dass durch diese Bibel, wovon die junge Presse, die schwarze Kunst, tausende von Exemplaren ins Volk schleuderte, die lutherische Sprache in wenigen Jahren über ganz Deutschland verbreitet und zur allgemeinen Schriftsprache erhoben wurde. Diese Schriftsprache herrscht noch immer in Deutschland und gibt diesem politisch und religiös zerstückelten Lande eine literärische Einheit. Ein solches unschätzbares Verdienst mag uns bei dieser Sprache dafür entschädigen, dass sie, in ihrer heutigen Ausbildung, etwas von jener Innigkeit entbehrt, welche wir bei Sprachen, die sich aus einem einzigen Dialekt gebildet, zu finden pflegen. Die Sprache in Luthers Bibel entbehrt jedoch durchaus nicht einer solchen Innigkeit, und dieses alte Buch ist eine ewige Quelle der Verjüngung für unsere Sprache. Alle Ausdrücke und Wendungen, die in der lutherschen Bibel stehen, sind deutsch, der Schriftsteller darf sie immerhin noch gebrauchen; und da dieses Buch in den Händen der ärmsten Leute, so bedürfen diese keiner besonderen gelehrten Anleitung, um sich literarisch aussprechen zu können. Dieser Umstand wird, wenn bei uns die politische Revolution ausbricht, gar merkwürdige Erscheinungen zur Folge haben. Die Freiheit wird überall sprechen können, und ihre Sprache wird biblisch sein.

»Zur Geschichte der Religion und Philosophie in Deutschland« (1835)

Gedankengrandezza
Religion und Philosophie

Spinoza und
die verborgene Religion Deutschlands*

Bei der Lektüre des Spinoza ergreift uns ein Gefühl wie beim Anblick der großen Natur in ihrer lebendigsten Ruhe. Ein Wald von himmelhohen Gedanken, deren blühende Wipfel in wogender Bewegung sind, während die unerschütterlichen Baumstämme in der ewigen Erde wurzeln. Es ist ein gewisser Hauch in den Schriften des Spinoza, der unerklärlich. Man wird angeweht wie von den Lüften der Zukunft. Der Geist der hebräischen Propheten ruhte vielleicht noch auf ihrem späten Enkel. Dabei ist ein Ernst in ihm, ein selbstbewusster Stolz, eine Gedankengrandezza, die ebenfalls ein Erbteil zu sein scheint; denn Spinoza gehörte zu jenen Märtyrerfamilien, die damals von den allerkatholischsten Königen aus Spanien vertrieben worden. Dazu kommt noch die Geduld des Holländers, die sich ebenfalls, wie im Leben, so auch in den Schriften des Mannes, niemals verleugnet hat.

Konstatiert ist es, dass der Lebenswandel des Spinoza frei von allem Tadel war und rein und makellos wie das Leben seines göttlichen Vetters, Jesu Christi. Auch wie dieser litt er für seine Lehre, wie dieser trug er die Dornenkrone. Überall, wo ein großer Geist seinen Gedanken ausspricht, ist Golgatha. [...] er wurde feierlich ausgestoßen aus der Gemeinschaft Israels und unwürdig erklärt, hinfüro den

Namen Jude zu tragen. Seine christlichen Feinde waren großmütig genug, ihm diesen Namen zu lassen. Die Juden aber, die Schweizergarde des Deismus, waren unerbittlich, und man zeigt den Platz vor der spanischen Synagoge zu Amsterdam, wo sie einst mit ihren langen Dolchen nach dem Spinoza gestochen haben. [...]

Benedikt Spinoza lehrt: Es gibt nur eine Substanz, das ist Gott. [...] Nur Unverstand und Böswilligkeit konnten dieser Lehre das Beiwort »atheistisch« beilegen. Keiner hat sich jemals erhabener über die Gottheit ausgesprochen wie Spinoza. Statt zu sagen, er leugne Gott, könnte man sagen, er leugne den Menschen. Alle endlichen Dinge sind ihm nur *Modi* der unendlichen Substanz. [...] Ich werde in der Folge weniger das System als vielmehr die Anschauungsweise des Spinoza mit dem Namen Pantheismus bezeichnen. Bei letzterem wird, ebenso gut wie bei dem Deismus, die Einheit Gottes angenommen. Aber der Gott des Pantheisten ist in der Welt selbst, nicht indem er sie mit seiner Göttlichkeit durchdringt, in der Weise, die einst der heilige Augustin zu veranschaulichen suchte, als er Gott mit einem großen See und die Welt mit einem großen Schwamm verglich, der in der Mitte läge und die Gottheit einsauge: nein, die Welt ist nicht bloß gottgetränkt, gottgeschwängert, sondern sie ist identisch mit Gott. »Gott«, welcher von Spinoza die eine Substanz und von den deutschen Philosophen das Absolute genannt wird, »ist alles, was da ist,« er ist sowohl Materie wie Geist, beides ist gleich göttlich, und wer die heilige Materie beleidigt, ist ebenso sündhaft wie der, welcher sündigt gegen den heiligen Geist. [...]

Der Gott des Deisten regiert die Welt von oben herab, als ein von ihm abgesondertes Etablissement. Nur in Betreff der

Art dieses Regierens differenzieren unter einander die Deisten. Die Hebräer denken sich Gott als einen donnernden Tyrannen; die Christen als einen liebenden Vater; die Schüler Rousseaus, die ganze Genfer Schule, denken sich ihn als einen weisen Künstler, der die Welt verfertigt hat, ungefähr wie ihr Papa seine Uhren verfertigt, und als Kunstverständige bewundern sie das Werk und preisen den Meister dort oben.

Dem Deisten, welcher also einen außerweltlichen oder überweltlichen Gott annimmt, ist nur der Geist heilig, indem er Letzteren gleichsam als den göttlichen Atem betrachtete, den der Weltschöpfer dem menschlichen Leibe, dem aus Lehm gekneteten Werk seiner Hände, eingeblasen hat. [...]

Der nächste Zweck aller unserer neuen Institutionen ist solchermaßen die Rehabilitation der Materie, die Wiedereinsetzung derselben in ihre Würde, ihre moralische Anerkennung, ihre religiöse Heiligung, ihre Versöhnung mit dem Geiste. [...] Die politische Revolution, die sich auf die Prinzipien des französischen Materialismus stützt, wird in den Pantheisten keine Gegner finden, sondern Gehilfen, aber Gehilfen, die ihre Überzeugungen aus einer tieferen Quelle, aus einer religiösen Synthese, geschöpft haben. Wir befördern das Wohlsein der Materie, das materielle Glück der Völker, nicht weil wir gleich den Materialisten den Geist missachten, sondern weil wir wissen, dass die Göttlichkeit des Menschen sich auch in seiner leiblichen Erscheinung kund gibt und das Elend den Leib, das Bild Gottes, zerstört oder aviliert und der Geist dadurch ebenfalls zu Grunde geht. Das große Wort der Revolution, das Saint-Just ausgesprochen: *le pain est le droit du peuple*, lautet bei uns: *le pain est le droit divin de l'homme.* Wir kämpfen nicht für die Menschenrechte des Volks, sondern für die Gottesrechte des Menschen. [...]

Man sagt es nicht, aber jeder weiß es; der Pantheismus ist das öffentliche Geheimnis in Deutschland. In der Tat, wir sind dem Deismus entwachsen. Wir sind frei und wollen keinen donnernden Tyrannen. Wir sind mündig und bedürfen keiner väterlichen Vorsorge. Auch sind wir keine Machwerke eines großen Mechanikus. Der Deismus ist eine Religion für Knechte, für Kinder, für Genfer, für Uhrmacher. Der Pantheismus ist die verborgene Religion Deutschlands [...].

»Zur Geschichte der Religion und Philosophie in Deutschland« (1835)

Immanuel Kant und der Tod Gottes*

Unsere Brust ist voll von entsetzlichem Mitleid – es ist der alte Jehova selber, der sich zum Tode bereitet.

Wir haben ihn so gut gekannt, von seiner Wiege an, in Ägypten, als er unter göttlichen Kälbern, Krokodilen, heiligen Zwiebeln, Ibissen und Katzen erzogen wurde – Wir haben ihn gesehen, wie er diesen Gespielen seiner Kindheit und den Obelisken und Sphinxen seines heimatlichen Niltals Adé sagte und in Palästina, bei einem armen Hirtenvölkchen, ein kleiner Gott-König wurde und in einem eigenen Tempelpalast wohnte – Wir sahen ihn späterhin, wie er mit der assyrisch babylonischen Zivilisation in Berührung kam und seine allzumenschlichen Leidenschaften ablegte, nicht mehr lauter Zorn und Rache spie, wenigstens nicht mehr wegen jeder Lumperei gleich donnerte – Wir sahen ihn auswandern nach Rom, der Hauptstadt, wo er aller Nationalvorurteile entsagte und die himmlische Gleichheit aller Völker proklamierte und mit solchen schönen Phrasen gegen den alten Jupiter Opposition bildete und so lange intrigierte, bis er zur Herrschaft gelangte und vom Kapitole herab die Stadt und die Welt, *urbem et orbem*, regierte – Wir sahen, wie er sich noch mehr vergeistigte, wie er sanftselig wimmerte, wie er ein liebevoller Vater wurde, ein allgemeiner Menschenfreund, ein Weltbeglücker, ein Philanthrop – es konnte ihm alles nichts helfen –

Hört Ihr das Glöckchen klingeln? Kniet nieder – Man bringt die Sakramente einem sterbenden Gotte. [...]

Man sagt, die Nachtgeister erschrecken, wenn sie das Schwert eines Scharfrichters erblicken – wie müssen sie erst erschrecken, wenn man ihnen Kants »Kritik der reinen Vernunft« entgegenhält! Dieses Buch ist das Schwert, womit der Deismus hingerichtet worden in Deutschland. [...] Kant macht nämlich einen Unterschied zwischen den Erscheinungen der Dinge und den Dingen an sich. Da wir von den Dingen nur insoweit etwas wissen können, als sie sich uns durch Erscheinung kund geben, und da also die Dinge nicht, wie sie an und für sich selbst sind, sich uns zeigen: so hat Kant die Dinge, insofern sie erscheinen, Phänomena, und die Dinge an und für sich Noumena genannt. Nur von den Dingen als Phänomena können wir etwas wissen, nichts aber können wir von den Dingen wissen als Noumena. [...] Gott ist, nach Kant, ein Noumen. In Folge seiner Argumentation ist jenes transzendentale Idealwesen, welches wir bisher Gott genannt, nichts anders als eine Erdichtung. Es ist durch eine natürliche Illusion entstanden. Ja, Kant zeigt, wie wir von jenem Noumen, von Gott, gar nichts wissen können und wie sogar jede künftige Beweisführung seiner Existenz unmöglich sei. [...]

Ich enthalte mich [...] aller popularisierenden Erörterung der Kantischen Polemik gegen jene Beweise. Ich begnüge mich, zu versichern, dass der Deismus seitdem im Reiche der spekulativen Vernunft erblichen ist. Diese betrübende Todesnachricht bedarf vielleicht einiger Jahrhunderte, ehe sie sich allgemein verbreitet hat – wir aber haben längst Trauer angelegt. *De profundis!*

Ihr meint, wir könnten jetzt nach Hause gehen? Bei Leibe! es wird noch ein Stück aufgeführt. Nach der Tragödie kommt die Farce.

Immanuel Kant hat bis hier den unerbittlichen Philosophen tragiert, er hat den Himmel gestürmt, er hat die ganze Besatzung über die Klinge springen lassen, der Oberherr der Welt schwimmt unbewiesen in seinem Blute, es gibt jetzt keine Allbarmherzigkeit mehr, keine Vatergüte, keine jenseitige Belohnung für diesseitige Enthaltsamkeit, die Unsterblichkeit der Seele liegt in den letzten Zügen – das röchelt, das stöhnt –, und der alte Lampe steht dabei mit seinem Regenschirm unterm Arm, als betrübter Zuschauer, und Angstschweiß und Tränen rinnen ihm vom Gesichte. Da erbarmt sich Immanuel Kant und zeigt, dass er nicht bloß ein großer Philosoph, sondern auch ein guter Mensch ist, und er überlegt, und halb gutmütig und halb ironisch spricht er: »Der alte Lampe muss einen Gott haben, sonst kann der arme Mensch nicht glücklich sein – der Mensch soll aber auf der Welt glücklich sein – das sagt die praktische Vernunft – meinetwegen – so mag auch die praktische Vernunft die Existenz Gottes verbürgen.« In Folge dieses Arguments unterscheidet Kant zwischen der theoretischen Vernunft und der praktischen Vernunft, und mit dieser, wie mit einem Zauberstäbchen, belebte er wieder den Leichnam des Deismus, den die theoretische Vernunft getötet.

Hat vielleicht Kant diese Resurrektion nicht bloß des alten Lampe wegen, sondern auch der Polizei wegen unternommen? Oder hat er wirklich aus Überzeugung gehandelt? Hat er uns eben dadurch, dass er alle Beweise für das Dasein Gottes zerstörte, recht zeigen wollen, wie misslich es ist, wenn wir nichts von der Existenz Gottes wissen können?

Er handelte da fast ebenso weise wie mein westfälischer Freund, welcher alle Laternen auf der Gronerstraße zu Göttingen zerschlagen hatte und uns nun dort, im Dunkeln stehend, eine lange Rede hielt über die praktische Notwendigkeit der Laternen, welche er nur deshalb theoretisch zerschlagen habe, um uns zu zeigen, wie wir ohne dieselben nichts sehen können.

»Zur Geschichte der Religion und Philosophie in Deutschland« (1835)

Staats-Religionsphilospophen*

Während unsere früheren Philosophen, arm und entsagend, in kümmerlichen Dachstübchen hockten und ihre Systeme ausgrübelten: stecken unsere jetzigen Philosophen in der brillanten Livree der Macht, sie wurden Staatsphilosophen, nämlich sie ersannen philosophische Rechtfertigungen aller Interessen des Staates, worin sie sich angestellt befanden. Z. B. Hegel, Professor in dem protestantischen Berlin, hat in seinem Systeme auch die ganze evangelisch protestantische Dogmatik aufgenommen, und Herr Schelling, Professor in dem katholischen München, justifiziert jetzt, in seinen Vorlesungen, selbst die extravagantesten Lehrsätze der römisch katholisch apostolischen Kirche. Ja, wie einst die alexandrinischen Philosophen allen ihren Scharfsinn aufgeboten, um, durch allegorische Auslegungen, die sinkende Religion des Jupiter vor dem gänzlichen Untergang zu bewahren: so versuchen unsere deutschen Philosophen etwas Ähnliches für die Religion Christi.

»Die romantische Schule« (1836)

Alte und neue Götter

Als die Götter verstummten*

Da plötzlich keuchte heran ein bleicher, bluttriefender Jude, mit einer Dornenkrone auf dem Haupte und mit einem großen Holzkreuz auf der Schulter; und er warf das Kreuz auf den hohen Göttertisch, dass die goldenen Pokale zitterten und die Götter verstummten und erblichen und immer bleicher wurden, bis sie endlich ganz in Nebel zerrannen.

Nun gab's eine traurige Zeit, und die Welt wurde grau und dunkel. Es gab keine glücklichen Götter mehr, der Olymp wurde ein Lazarett, wo geschundene, gebratene und gespießte Götter langweilig umherschlichen und ihre Wunden verbanden und triste Lieder sangen. Die Religion gewährte keine Freude mehr, sondern Trost; es war eine trübselige, blutrünstige Delinquentenreligion.

War sie vielleicht nötig für die erkrankte und zertretene Menschheit? Wer seinen Gott leiden sieht, trägt leichter die eigenen Schmerzen. Die vorigen heiteren Götter, die selbst keine Schmerzen fühlten, wussten auch nicht, wie armen gequälten Menschen zu Mute ist, und ein armer gequälter Mensch könnte auch, in seiner Not, kein rechtes Herz zu ihnen fassen. Es waren Festtagsgötter, um die man lustig herum tanzte und denen man nur danken konnte. Sie wurden deshalb auch nie so ganz von ganzem Herzen geliebt. Um so ganz von ganzem Herzen geliebt zu werden – muss man leidend sein. Das Mitleid ist die letzte Weihe der Liebe, vielleicht die Liebe selbst. Von allen Göttern, die jemals gelebt haben, ist daher Christus derjenige Gott, der am meisten geliebt worden. Besonders von den Frauen –

»Die Stadt Lucca« (1831)

Die Götter Griechenlands

Vollblühender Mond! In deinem Licht,
Wie fließendes Gold, erglänzt das Meer;
Wie Tagesklarheit, doch dämmrig verzaubert,
Liegt's über der weiten Strandesfläche;
Und am hellblau'n, sternlosen Himmel
Schweben die weißen Wolken,
Wie kolossale Götterbilder
Von leuchtendem Marmor.

Nein, nimmermehr, das sind keine Wolken!
Das sind sie selber, die Götter von Hellas,
Die einst so freudig die Welt beherrschten,
Doch jetzt, verdrängt und verstorben,
Als ungeheure Gespenster dahinziehn
Am mitternächtlichen Himmel.

Staunend, und seltsam geblendet, betracht' ich
Das luftige Pantheon,
Die feierlich stummen, grau'nhaft bewegten
Riesengestalten.
Der dort ist Kronion, der Himmelskönig,
Schneeweiß sind die Locken des Haupts,

Die berühmten, olymposerschütternden Locken,
Er hält in der Hand den erloschenen Blitz,
In seinem Gesichte liegt Unglück und Gram,
Und doch noch immer der alte Stolz.
Das waren bessere Zeiten, o Zeus,
Als du dich himmlisch ergötztest
An Knaben und Nymphen und Hekatomben!
Doch auch die Götter regieren nicht ewig,
Die jungen verdrängen die alten,
Wie du einst selber den greisen Vater
Und deine Titanen-Öhme verdrängt,
Jupiter Parricida!
Auch dich erkenn' ich, stolze Here!
Trotz all deiner eifersüchtigen Angst,
Hat doch eine andre das Zepter gewonnen,
Und du bist nicht mehr die Himmelskön'gin,
Und dein großes Aug' ist erstarrt,
Und deine Lilienarme sind kraftlos,
Und nimmermehr trifft deine Rache
Die gottbefruchtete Jungfrau
Und den wundertätigen Gottessohn.
Auch dich erkenn' ich, Pallas Athene!
Mit Schild und Weisheit konntest du nicht
Abwehren das Götterverderben?
Auch dich erkenn' ich, auch dich, Aphrodite,
Einst die goldene! jetzt die silberne!
Zwar schmückt dich noch immer des Gürtels Liebreiz;
Doch graut mir heimlich vor deiner Schönheit,
Und wollt' mich beglücken dein gütiger Leib,
Wie andre Helden, ich stürbe vor Angst;
Als Leichengöttin erscheinst du mir,

Venus Libitina!
Nicht mehr mit Liebe schaut nach dir,
Dort, der schreckliche Ares.
Es schaut so traurig Phöbos Apollo,
Der Jüngling. Es schweigt seine Lei'r,
Die so freudig erklungen beim Göttermahl.
Noch trauriger schaut Hephaistos,
Und wahrlich, der Hinkende! nimmermehr
Fällt er Heben ins Amt,
Und schenkt geschäftig, in der Versammlung,
Den lieblichen Nektar – Und längst ist erloschen
Das unauslöschliche Göttergelächter.

Ich hab' Euch niemals geliebt, Ihr Götter!
Denn widerwärtig sind mir die Griechen,
Und gar die Römer sind mir verhasst.
Doch heil'ges Erbarmen und schauriges Mitleid
Durchströmt mein Herz,
Wenn ich Euch jetzt da droben schaue,
Verlassene Götter,
Tote, nachtwandelnde Schatten,
Nebelschwache, die der Wind verscheucht –
Und wenn ich bedenke, wie feig und windig
Die Götter sind, die Euch besiegten,
Die neuen, herrschenden, tristen Götter,
Die Schadenfrohen im Schafspelz der Demut –
O da fasst mich ein düsterer Groll,
Und brechen möcht' ich die neuen Tempel,
Und kämpfen für Euch, Ihr alten Götter,
Für Euch und Eu'r gutes, ambrosisches Recht,
Und vor Euren hohen Altären,

Den wiedergebauten, den opferdampfenden,
Möcht' ich selber knien und beten,
Und flehend die Arme erheben –

Denn, immerhin, Ihr alten Götter,
Habt Ihr's auch eh'mals, in Kämpfen der Menschen,
Stets mit der Partei der Sieger gehalten,
So ist doch der Mensch großmüt'ger als Ihr,
Und in Götterkämpfen halt' ich es jetzt
Mit der Partei der besiegten Götter.

Also sprach ich, und sichtbar erröteten
Droben die blassen Wolkengestalten,
Und schauten mich an wie Sterbende,
Schmerzenverklärt, und schwanden plötzlich.
Der Mond verbarg sich eben
Hinter Gewölk, das dunkler heranzog;
Hochaufrauschte das Meer,
Und siegreich traten hervor am Himmel
Die ewigen Sterne.

»Buch der Lieder« (1827)

Der Apollogott

I.

Das Kloster ist hoch auf Felsen gebaut,
Der Rhein vorüberrauschet;
Wohl durch das Gitterfenster schaut
Die junge Nonne und lauschet.

Da fährt ein Schifflein, märchenhaft
Vom Abendrot beglänzet;
Es ist bewimpelt von buntem Taft,
Von Lorbeern und Blumen bekränzet.

Ein schöner blondgelockter Fant
Steht in des Schiffes Mitte;
Sein goldgesticktes Purpurgewand
Ist von antikem Schnitte.

Zu seinen Füßen liegen da
Neun marmorschöne Weiber;
Die hochgeschürzte Tunika
Umschließt die schlanken Leiber.

Der Goldgelockte lieblich singt
Und spielt dazu die Leier;
In's Herz der armen Nonne dringt
Das Lied und brennt wie Feuer.

Sie schlägt ein Kreuz, und noch einmal
Schlägt sie ein Kreuz, die Nonne;
Nicht scheucht das Kreuz die süße Qual,
Nicht bannt es die bittre Wonne.

II.

Ich bin der Gott der Musika,
Verehrt in allen Landen;
Mein Tempel hat in Gräzia
Auf Mont-Parnass gestanden.

Auf Mont-Parnass in Gräzia,
Da hab' ich oft gesessen
Am holden Quell Kastalia,
Im Schatten der Zypressen.

Vokalisierend saßen da
Um mich herum die Töchter,
Das sang und klang la-la, la-la!
Geplauder und Gelächter.

Mitunter rief tra-ra, tra-ra!
Ein Waldhorn aus dem Holze;
Dort jagte Artemisia,
Mein Schwesterlein, die Stolze.

Ich weiß es nicht, wie mir geschah:
Ich brauchte nur zu nippen
Vom Wasser der Kastalia,
Da tönten meine Lippen.

Ich sang – und wie von selbst beinah
Die Leier klang, berauschend;
Mir war, als ob ich Daphne sah,
Aus Lorbeerbüschen lauschend.

Ich sang – und wie Ambrosia
Wohlrüche sich ergossen,
Es war von einer Gloria
Die ganze Welt umflossen.

Wohl tausend Jahr aus Gräzia
Bin ich verbannt, vertrieben –
Doch ist mein Herz in Gräzia,
In Gräzia geblieben.

III.

In der Tracht der Beguinen,
In dem Mantel mit der Kappe
Von der gröbsten schwarzen Serge,
Ist vermummt die junge Nonne.

Hastig längs des Rheines Ufern
Schreitet sie hinab die Landstraß',
Die nach Holland führt, und hastig
Fragt sie jeden, der vorbeikommt:

»Habt Ihr nicht gesehn Apollo?
Einen roten Mantel trägt er,
Lieblich singt er, spielt die Leier,
Und er ist mein holder Abgott.«

Keiner will ihr Rede stehen,
Mancher dreht ihr stumm den Rücken,
Mancher glotzt sie an und lächelt,
Mancher seufzet: Armes Kind!

Doch des Wegs herangetrottelt
Kommt ein schlottrig alter Mensch,
Fingert in der Luft, wie rechnend,
Näselnd singt er vor sich hin.

Einen schlappen Quersack trägt er,
Auch ein klein dreieckig Hütchen;
Und mit schmunzelnd klugen Äuglein
Hört er an den Spruch der Nonne:

»Habt Ihr nicht gesehn Apollo?
Einen roten Mantel trägt er,
Lieblich singt er, spielt die Leier,
Und er ist mein holder Abgott.«

Jener aber gab zur Antwort
Während er sein Köpfchen wiegte
Hin und her, und gar possierlich
Zupfte an dem spitzen Bärtchen:

Ob ich ihn gesehen habe?
Ja, ich habe ihn gesehen
Oft genug zu Amsterdam,
In der deutschen Synagoge.

Denn er war Vorsänger dorten,
Und da hieß er Rabbi Faibisch,
Was auf Hochdeutsch heißt Apollo –
Doch mein Abgott ist er nicht.

Roter Mantel? Auch den roten
Mantel kenn' ich. Echter Scharlach,
Kostet acht Florin die Elle,
Und ist noch nicht ganz bezahlt.

Seinen Vater Moses Jitscher
Kenn' ich gut. Vorhautabschneider
Ist er bei den Portugiesen.
Er beschnitt auch Souveräne.

Seine Mutter ist Cousine
Meines Schwagers, und sie handelt
Auf der Gracht mit sauern Gurken
Und mit abgelebten Hosen.

Haben kein Pläsir am Sohne.
Dieser spielt sehr gut die Leier,
Aber leider noch viel besser
Spielt er oft Tarock und l'Hombre.

Auch ein Freigeist ist er, aß
Schweinefleisch, verlor sein Amt,
Und er zog herum im Lande
Mit geschminkten Komödianten.

In den Buden, auf den Märkten,
Spielte er den Pickelhäring,
Holofernes, König David,
Diesen mit dem besten Beifall.

Denn des Königs eigne Lieder
Sang er in des Königs eigner
Muttersprache, tremulierend
In des Nigens alter Weise.

Aus dem Amsterdamer Spielhuis
Zog er jüngst etwelche Dirnen,
Und mit diesen Musen zieht er
Jetzt herum als ein Apollo.

Eine dicke ist darunter,
Die vorzüglich quiekt und grünzelt;
Ob dem großen Lorbeerkopfputz
Nennt man sie die grüne Sau.

»Romanzero« (1851)

Auf diesem Felsen bauen wir
Die Kirche von dem dritten,
Dem dritten neuen Testament;
Das Leid ist ausgelitten.

Vernichtet ist das Zweierlei,
Das uns so lang betöret;
Die dumme Leiberquälerei
Hat endlich aufgehöret.

Hörst du den Gott im finstern Meer?
Mit tausend Stimmen spricht er.
Und siehst du über unserm Haupt
Die tausend Gotteslichter?

Der heilge Gott, der ist im Licht
Wie in den Finsternissen;
Und Gott ist alles was da ist;
Er ist in unsern Küssen.

»Neue Gedichte« (1844)

Das Buch der Bücher

Kabeljau und Bibelworte*

Helgoland, den 8ten Julius

Da gestern Sonntag war und eine bleierne Langeweile über der ganzen Insel lag und mir fast das Haupt eindrückte, griff ich aus Verzweiflung zur Bibel ... und ich gestehe es dir, trotz dem dass ich ein heimlicher Hellene bin, hat mich das Buch nicht bloß gut unterhalten, sondern auch weidlich erbaut. Welch ein Buch! Groß und weit wie die Welt, wurzelnd in die Abgründe der Schöpfung und hinaufragend in die blauen Geheimnisse des Himmels ... Sonnenaufgang und Sonnenuntergang, Verheißung und Erfüllung, Geburt und Tod, das ganze Drama der Menschheit, alles ist in diesem Buche ... Es ist das Buch der Bücher, Biblia. Die Juden sollten sich leicht trösten, dass sie Jerusalem und den Tempel und die Bundeslade und die goldenen Geräte und Kleinodien Salomonis eingebüßt haben ... solcher Verlust ist doch nur geringfügig in Vergleichung mit der Bibel, dem unzerstörbaren Schatze, den sie gerettet. Wenn ich nicht irre, war es Mahomet, welcher die Juden »das Volk des Buches« nannte, ein Name, der ihnen bis heutigen Tag im Oriente verblieben und tiefsinnig bezeichnend ist. Ein Buch ist ihr Vaterland, ihr Besitz, ihr Herrscher, ihr Glück und ihr Unglück. Sie leben in den umfriedeten Marken dieses Buches, hier üben sie ihr unveräußerliches Bürgerrecht, hier kann man sie nicht verjagen, nicht verachten, hier sind sie stark und bewunderungswürdig. Versenkt in der Lektüre dieses Buches merkten sie wenig von den Veränderungen, die um sie her in der wirklichen Welt vorfielen; Völker erhoben sich und schwanden, Staaten blühten empor und erloschen, Revolutionen stürmten über den Erdboden … sie aber, die Juden, lagen gebeugt über ihrem Buche und merkten nichts von der wilden Jagd der Zeit, die über ihre Häupter dahinzog! […]

Es ist ein merkwürdiges Schauspiel, wie das Volk des Geistes sich allmählich ganz von der Materie befreit, sich ganz spiritualisiert. Moses gab dem Geiste gleichsam materielle Bollwerke gegen den realen Andrang der Nachbarvölker: Rings um das Feld, wo er Geist gesäet, pflanzte er das schroffe Zeremonialgesetz und eine egoistische Nationalität als schützende Dornhecke. Als aber die heilige Geistpflanze so tiefe Wurzel geschlagen und so himmelhoch emporgeschossen, dass sie nicht mehr ausgerottet werden konnte: da kam Jesus Christus und riss das Zeremonialgesetz nieder, das fürder keine nützliche Bedeutung mehr hatte, und er sprach sogar das Vernichtungsurteil über die jüdische Nationalität … Er berief alle Völker der Erde zur Teilnahme an dem Reiche Gottes, das früher nur einem einzigen auserlesenen Gottesvolke gehörte, er gab der ganzen Menschheit das jüdische Bürgerrecht … Das war eine große Emanzipationsfrage, die jedoch weit großmütiger gelöst wurde wie die heutigen Emanzipationsfragen in Sachsen und Hannover … Freilich der Erlöser, der seine Brüder vom Zeremonialgesetz und der Nationalität befreite und den Kosmopolitismus stiftete, ward ein Opfer seiner Humanität, und der Stadtmagistrat von Jerusalem ließ ihn kreuzigen, und der Pöbel verspottete ihn …

Helgoland, den 29ten Julius

Ich habe wieder im alten Testamente gelesen. Welch ein großes Buch! Merkwürdiger noch als der Inhalt ist für mich diese Darstellung, wo das Wort gleichsam ein Naturprodukt ist, wie ein Baum, wie eine Blume, wie das Meer, wie die Sterne, wie der Mensch selbst. Das sprosst, das fließt, das funkelt, das lächelt, man weiß nicht wie, man weiß nicht warum, man findet alles ganz natürlich. Das ist wirklich das Wort Gottes, statt dass andere Bücher nur von Menschenwitz zeugen. Im Homer, dem anderen großen Buche, ist die Darstellung ein Produkt der Kunst, und wenn auch der Stoff immer, ebenso wie in der Bibel, aus der Realität aufgegriffen ist, so gestaltet er sich doch zu einem poetischen Gebilde, gleichsam umgeschmolzen im Tiegel des menschlichen Geistes; er wird geläutert durch einen geistigen Prozess, welchen wir die Kunst nennen. In der Bibel erscheint auch keine Spur von Kunst; das ist der Stil eines Notizenbuchs, worin der absolute Geist, gleichsam ohne alle individuelle menschliche Beihilfe, die Tagesvorfälle eingezeichnet, ungefähr mit derselben tatsächlichen Treue, womit wir unsere Waschzettel schreiben. [...]

Nur bei einem einzigen Schriftsteller finde ich etwas, was an jenen unmittelbaren Stil der Bibel erinnert. Das ist Shakespeare. Auch bei ihm tritt das Wort manchmal in jener schauerlichen Nacktheit hervor, die uns erschreckt und erschüttert; in den Shakespeare'schen Werken sehen wir manchmal die leibhaftige Wahrheit ohne Kunstgewand. [...] Shakespeare ist zu gleicher Zeit Jude und Grieche, oder vielmehr beide Elemente, der Spiritualismus und die Kunst, haben sich in ihm versöhnungsvoll durchdrungen und zu einem höheren Ganzen entfaltet. Ist vielleicht solche harmonische Vermischung der beiden Elemente die Aufgabe der ganzen europäischen Zivilisation? Wir sind noch sehr weit entfernt von einem solchen Resultate. [...]

Mein Stubennachbar, ein Justizrat aus Königsberg, der hier badet, hält mich für einen Pietisten, da er immer, wenn er mir seinen Besuch abstattet, die Bibel in meinen Händen findet. Er möchte mich deshalb gern ein bisschen prickeln, und ein kaustisch ostpreußisches Lächeln beflimmert sein mageres, hagestolzes Gesicht jedes Mal, wenn er über Religion mit mir sprechen kann. Wir disputierten gestern über die Dreieinigkeit. Mit dem Vater ging es noch gut; das ist ja der Weltschöpfer, und jedes Ding muss seine Ursache haben. Es haperte schon bedeutend mit dem Glauben an den Sohn, den sich der kluge Mann gern verbitten möchte, aber jedoch am Ende, mit fast ironischer Gutmütigkeit, annahm. Jedoch die dritte Person der Dreieinigkeit, der heilige Geist, fand den unbedingtesten Widerspruch. Was der heilige Geist ist, konnte er durchaus nicht begreifen, und plötzlich auflachend rief er: »Mit dem heiligen Geist hat es wohl am Ende dieselbe Bewandtnis wie mit dem dritten Pferde, wenn man Extrapost reist; man muss immer dafür bezahlen und bekömmt es doch nie zu sehen, dieses dritte Pferd.«

Mein Nachbar, der unter mir wohnt, ist weder Pietist noch Rationalist, sondern ein Holländer, indolent und ausgebuttert wie der Käse, womit er handelt. Nichts kann ihn in Bewegung setzen, er ist das Bild der nüchternsten Ruhe, und sogar wenn er sich mit meiner Wirtin über sein Lieblingsthema, das Einsalzen der Fische, unterhält, erhebt sich seine Stimme nicht aus der plattesten Monotonie. Leider, wegen des dünnen Bretterbodens, muss ich manchmal dergleichen

Gespräche anhören, und während ich hier oben mit dem Preußen über die Dreieinigkeit sprach, erklärte unten der Holländer, wie man Kabeljau, Laberdan und Stockfisch voneinander unterscheidet; es sei im Grunde ein und dasselbe.

»Ludwig Börne. Eine Denkschrift« (1840)

Das Erziehungsbuch der Völker*

Ja, den Juden, denen die Welt ihren Gott verdankt, verdankt sie auch dessen Wort, die Bibel; sie haben sie gerettet aus dem Bankrott des römischen Reichs, und in der tollen Raufzeit der Völkerwanderung bewahrten sie das teure Buch, bis es der Protestantismus bei ihnen aufsuchte und das gefundene Buch in die Landessprachen übersetzte und in alle Welt verbreitete. Diese Verbreitung hat die segensreichsten Früchte hervorgebracht und dauert noch bis auf heutigen Tag, wo die Propaganda der Bibelgesellschaft eine providentielle Sendung erfüllt, die bedeutsamer ist und jedenfalls ganz andere Folgen haben wird, als die frommen Gentlemen dieser britischen Christentums-Speditions-Sozietät selber ahnen. [...] Sie fördern die große Demokratie, wo jeder Mensch nicht bloß König, sondern auch Bischof in seiner Hausburg sein soll; indem sie die Bibel über die ganze Erde verbreiten, sie sozusagen der ganzen Menschheit durch merkantilische Kniffe, Schmuggel und Tausch, in die Hände spielen und der Exegese, der individuellen Vernunft überliefern, stiften sie das große Reich des Geistes, das Reich des religiösen Gefühls, der Nächstenliebe, der Reinheit und der wahren Sittlichkeit, die nicht durch dogmatische Begriffsformeln gelehrt werden kann, sondern durch Bild und Beispiel, wie dergleichen enthalten ist in dem schönen heiligen Erziehungsbuche für kleine und große Kinder, in der Bibel.

Es ist für den beschaulichen Denker ein wunderbares Schauspiel, wenn er die Länder betrachtet, wo die Bibel schon seit der Reformation ihren bildenden Einfluss ausgeübt auf die Bewohner und ihnen in Sitte, Denkungsart und Gemütlichkeit jenen Stempel des palästinischen Lebens aufgeprägt hat, das in dem alten wie in dem neuen Testamente sich bekundet. Im Norden von Europa und Amerika, namentlich in den skandinavischen und anglosächsischen, überhaupt in germanischen und einigermaßen auch in keltischen Landen, hat sich das Palästinatum so geltend gemacht, dass man sich dort unter Juden versetzt zu sehen glaubt [...]; ich will gar nicht reden von den meisten neuen Gemeinden der vereinigten Staaten, wo man das alttestamentarische Leben pedantisch nachäfft. Letzteres erscheint hier wie daguerreotypiert, die Konturen sind ängstlich richtig, doch alles ist grau in grau, und es fehlt der sonnige Farbenschmelz des gelobten Landes. Aber die Karikatur wird einst schwinden, das Echte, Unvergängliche und Wahre, nämlich die Sittlichkeit des alten Judentums, wird in jenen Ländern ebenso gotterfreulich blühen wie einst am Jordan und auf den Höhen des Libanons. Man hat keine Palmen und Kamele nötig, um gut zu sein, und Gutsein ist besser denn Schönheit.

Vielleicht liegt es nicht bloß in der Bildungsfähigkeit der erwähnten Völker, dass sie das jüdische Leben in Sitte und Denkweise so leicht in sich aufgenommen. Der Grund dieses Phänomens ist vielleicht auch in dem Charakter des jüdischen Volks zu suchen, das immer sehr große Wahlverwandtschaft mit dem Charakter der germanischen und einigermaßen auch der keltischen Rasse hatte. Judäa erschien mir immer wie ein Stück Okzident, das sich mitten in den Orient verlor. In der Tat, mit seinem spiritualistischen Glauben, seinen strengen, keuschen, sogar asketischen Sitten, kurz mit seiner abstrakten Innerlichkeit, bildete dieses Land und sein Volk immer den sonderbarsten Gegensatz zu den Nachbar-Ländern und Nachbar-Völkern, die den üppig buntesten und brünstigsten Naturkulten huldigend, im bacchantischen Sinnenjubel ihr Dasein verluderten. Israel saß fromm unter seinem Feigenbaum und sang das Lob des unsichtbaren Gottes und übte Tugend und Gerechtigkeit [...]. Bedenkt man diese Umgebung, so kann man die frühe Größe Israels nicht genug bewundern. Von der Freiheitsliebe Israels, während nicht bloß in seiner Umgebung, sondern bei allen Völkern des Altertums, sogar bei den philosophischen Griechen, die Sklaverei justifiziert war und in Blüte stand, will ich gar nicht reden, um die Bibel nicht zu kompromittieren bei den jetzigen Gewalthabern.

»Geständnisse« (1854)

Vergleichende Religionsbetrachtungen

Hyazinth, die Konfessionen und das Glück*

Es war schon spät, als ich die Wohnung des Marchese erreichte. Als ich ins Zimmer trat, stand Hyazinth allein und putzte die goldenen Sporen seines Herrn, welcher, wie ich durch die halbgeöffnete Türe seines Schlafkabinetts sehen konnte, vor einer Madonna und einem großen Kruzifixe auf den Knien lag.

Du musst nämlich wissen, lieber Leser, dass der Marchese, dieser vornehme Mann, jetzt ein guter Katholik ist, dass er die Zeremonien der alleinseligmachenden Kirche streng ausübt und sich, wenn er in Rom ist, sogar einen eigenen Kapellan hält, aus demselben Grunde, weshalb er in England die besten Wettrenner und in Paris die schönste Tänzerin unterhielt.

Herr Gumpel verrichtet jetzt sein Gebet – flüsterte Hyazinth mit einem wichtigen Lächeln, und indem er nach dem Kabinette seines Herrn deutete, fügte er noch leiser hinzu: So liegt er alle Abend zwei Stunden auf den Knien vor der Prima Donna mit dem Jesuskind. Es ist ein prächtiges Kunstbild, und es kostet ihm sechshundert Francesconis.

Und Sie, Herr Hyazinth, warum knien Sie nicht hinter ihm? Oder sind Sie etwa kein Freund von der katholischen Religion?

Ich bin ein Freund davon, und bin auch wieder kein Freund davon, antwortete jener mit bedenklichem Kopfwiegen. Es ist eine gute Religion für einen vornehmen Baron, der den ganzen Tag müßig gehen kann, und für einen Kunstkenner; aber es ist keine Religion für einen Hamburger, für einen Mann, der sein Geschäft hat, und durchaus keine Religion für einen Lotteriekollekteur. Ich muss jede Nummer, die gezogen wird, ganz exakt aufschreiben, und denke ich dann zufällig an Bum! Bum! Bum! an eine katholische Glock, oder schwebelt es mir vor den Augen, wie katholischer Weihrauch, und ich verschreib mich, und ich schreibe eine unrechte Zahl, so kann das größte Unglück daraus entstehen. Ich habe oft zu Herren Gumpel gesagt: Ew. Ex. sind ein reicher Mann und können katholisch sein, so viel Sie wollen, und können sich den Verstand ganz katholisch einräuchern lassen und können so dumm werden wie eine katholische Glock, und Sie haben doch zu essen; ich aber bin ein Geschäftsmann und muss meine sieben Sinne zusammen halten, um was zu verdienen. Herr Gumpel meint freilich, es sei nötig für die Bildung, und wenn ich nicht katholisch würde, verstände ich nicht die Bilder, die zur Bildung gehören, nicht den Johann v. Viehesel, den Corretschio, den Carratschio, den Carravatschio – aber ich habe immer gedacht, der Corretschio und Carratschio und Carravatschio können mir alle nichts helfen, wenn niemand mehr bei mir spielt, und ich komme dann in die Patschio. Dabei muss ich Ihnen auch gestehen, Herr Doktor, dass mir die katholische Religion nicht einmal Vergnügen macht, und als ein vernünftiger Mann müssen Sie mir recht geben. Ich sehe das Pläsir nicht ein, es ist eine Religion, als wenn der liebe Gott, gottbewahre, eben gestorben wäre, und es riecht dabei nach Weihrauch, wie bei einem Leichenbegängnis, und dabei brummt eine so traurige Begräbnismusik, dass man die Melancholik bekömmt – ich sage Ihnen, es ist keine Religion für einen Hamburger.

Aber, Herr Hyazinth, wie gefällt Ihnen denn die protestantische Religion?

Die ist mir wieder zu vernünftig, Herr Doktor, und gäbe es in der protestantischen Kirche keine Orgel, so wäre sie gar keine Religion. Unter uns gesagt, diese Religion schadet nichts und ist so rein wie ein Glas Wasser, aber sie hilft auch nichts. Ich habe sie probiert, und diese Probe kostet mich vier Mark vierzehn Schilling –

Wieso, mein lieber Herr Hyazinth?

Sehen, Herr Doktor, ich habe gedacht: Das ist freilich eine sehr aufgeklärte Religion, und es fehlt ihr an Schwärmerei und Wunder; indessen, ein bisschen Schwärmerei muss sie doch haben, ein ganz klein Wunderchen muss sie doch tun können, wenn sie sich für eine honette Religion ausgeben will. Aber wer soll da Wunder tun, dacht ich, als ich mal in Hamburg eine protestantische Kirche besah, die zu der ganz kahlen Sorte gehörte, wo nichts als braune Bänke und weiße Wände sind und an der Wand nichts als ein schwarz Täfelchen hängt, worauf ein halb Dutzend weiße Zahlen stehen. Du tust dieser Religion vielleicht unrecht, dacht ich wieder, vielleicht können diese Zahlen ebenso gut ein Wunder tun wie ein Bild von der Mutter Gottes oder wie ein Knochen von ihrem Mann, dem heiligen Joseph, und um der Sache auf den Grund zu kommen, ging ich gleich nach Altona und besetzte eben diese Zahlen in der Altonaer Lotterie, die Ambe besetzte ich mit acht Schilling, die Terne mit sechs, die Quaterne mit vier, und die Quinterne mit zwei Schilling – Aber, ich versichere Sie auf meine Ehre, keine einzige von den protestantischen Nummern ist herausgekommen. Jetzt wusste ich, was ich zu denken hatte, jetzt dacht ich, bleibt mir weg mit einer Religion, die gar nichts kann, bei der nicht einmal eine Ambe herauskommt – werde ich so ein Narr sein, auf diese Religion, worauf ich schon vier Mark und vierzehn Schilling gesetzt und verloren habe, noch meine ganze Glückseligkeit zu setzen?

Die altjüdische Religion scheint Ihnen gewiss viel zweckmäßiger, mein Lieber?

Herr Doktor, bleiben Sie mir weg mit der altjüdischen Religion; die wünsche ich nicht meinem ärgsten Feind. Man hat nichts als Schimpf und Schande davon. Ich sage Ihnen, es ist gar keine Religion, sondern ein Unglück. Ich vermeide alles, was mich daran erinnern könnte, und weil Hirsch ein jüdisches Wort ist und auf Deutsch Hyazinth heißt, so habe ich sogar den alten Hirsch laufen lassen und unterschreibe mich jetzt: Hyazinth, Kollekteur, Operateur und Taxator. Dazu habe ich noch den Vorteil, dass schon ein H. auf meinem Petschaft steht und ich mir kein neues stechen zu lassen brauche. Ich versichere Ihnen, es kommt auf dieser Welt viel darauf an, wie man heißt; der Name tut viel. Wenn ich mich unterschreibe: »Hyazinth, Kollekteur, Operateur und Taxator«, so klingt das ganz anders, als schriebe ich Hirsch schlechtweg, und man kann mich dann nicht wie einen gewöhnlichen Lump behandeln.

Mein lieber Herr Hyazinth! Wer könnte Sie so behandeln! Sie scheinen schon so viel für Ihre Bildung getan zu haben, dass man in Ihnen den gebildeten Mann schon erkennt, ehe Sie den Mund auftun, um zu sprechen.

Sie haben Recht, Herr Doktor, ich habe in der Bildung Fortschritte gemacht wie eine Riesin. Ich weiß wirklich nicht, wenn ich nach Hamburg zurückkehre, mit wem ich dort umgehen soll; und was die Religion anbelangt, so weiß ich, was ich tue. Vor der Hand aber kann ich mich mit dem neuen israelitischen Tempel noch behelfen; ich meine den reinen Mosaik-Gottesdienst mit orthographischen deutschen Gesängen und gerührten Predigten und einigen Schwärmereichen, die eine Religion durchaus nötig hat. So wahr mir Gott alles Guts gebe, für mich verlange ich jetzt keine bessere Religion, und sie verdient, dass man sie unterstützt. Ich will das meinige tun, und bin ich wieder in Hamburg, so will ich alle Sonnabend, wenn kein Ziehungstag ist, in den neuen Religion-Tempel gehen. Es gibt leider Menschen, die diesem neuen israelitischen Gottesdienst einen schlechten Namen machen und behaupten, er gäbe, mit Respekt zu sagen, Gelegenheit zu einem Schisma – aber ich kann Ihnen versichern, es ist eine gute, reinliche Religion, noch etwas zu gut für den gemeinen Mann, für den die altjüdische Religion vielleicht noch immer sehr nützlich ist. Der gemeine Mann muss eine Dummheit haben, worin er sich glücklich fühlt, und er fühlt sich glücklich in seiner Dummheit. So ein alter Jude mit einem langen Bart und zerrissenem Rock, und der kein orthographisch Wort sprechen kann und sogar ein bisschen grindig ist, fühlt sich vielleicht innerlich glücklicher als ich mich mit all meiner Bildung. Da wohnt in Hamburg, im Bäckerbreitengang, auf einem Sahl, ein Mann, der heißt Moses Lump, man nennt ihn auch Moses Lümpchen, oder kurzweg Lümpchen; der läuft die ganze Woche herum, in Wind und Wetter, mit seinem Packen auf dem Rücken, um seine paar Mark zu verdienen; wenn der nun freitags abends nach Hause kömmt, findet er die Lampe mit sieben Lichtern angezündet, den Tisch weiß gedeckt, und er legt seinen Packen und seine Sorgen von sich und setzt sich zu Tisch mit seiner schiefen Frau und noch schieferen Tochter, isst mit ihnen Fische, die gekocht sind in angenehm weißer Knoblauchsauce, singt dabei die prächtigsten Lieder vom König David, freut sich von ganzem Herzen über den Auszug der Kinder Israel aus Ägypten, freut sich auch, dass alle Bösewichter, die ihnen Böses getan, am Ende gestorben sind, dass König Pharao, Nebukadnezar, Haman, Antiochus, Titus und all solche Leute tot sind, dass Lümpchen aber noch lebt und mit Frau und Kind Fisch isst – Und ich sage Ihnen, Herr Doktor, die Fische sind delikat, und der Mann ist glücklich, er braucht sich mit keiner Bildung abzuquälen, er sitzt vergnügt in seiner Religion und seinem grünen Schlafrock wie Diogenes in seiner Tonne, er betrachtet vergnügt seine Lichter, die er nicht einmal selbst putzt – Und ich sage Ihnen, wenn die Lichter etwas matt brennen, und die Schabbesfrau, die sie zu putzen hat, nicht bei der Hand ist, und Rothschild der Große käme jetzt herein, mit all seinen Maklern, Diskonteuren, Spediteuren und Chefs de Comptoir, womit er die Welt erobert, und er spräche: Moses Lump, bitte dir eine Gnade aus, was du haben willst, soll geschehen – Herr Doktor, ich bin überzeugt, Moses Lump würde ruhig antworten: »putz mir die Lichter!«, und Rothschild der Große würde mit Verwunderung sagen: Wär ich nicht Rothschild, so möchte ich so ein Lümpchen sein!

Während Hyazinth solchermaßen, episch breit, nach seiner Gewohnheit, seine Ansichten entwickelte, erhob sich der Marchese von seinem Betkissen und trat zu uns, noch immer einige Paternoster durch die Nase schnurrend. Hyazinth zog jetzt den grünen Flor über das Madonnenbild, das oberhalb des Betpultes hing, löschte die beiden Wachskerzen aus, die davor brannten, nahm das kupferne Kruzifix herab, kam damit zu uns zurück und putzte es mit demselben Lappen und mit derselben spuckenden Gewissenhaftigkeit, womit er eben auch die Sporen seines Herrn geputzt hatte.

»Die Bäder von Lucca« (1830)

Das diplomatische Corps Gottes*

Ich weiß nicht, ob der Mönch, der mir unfern Lucca begegnete, ein frommer Mann ist. Aber ich weiß, sein alter Leib steckt arm und nackt in einer groben Kutte, jahraus, jahrein; die zerrissenen Sandalen können seine bloßen Füße nicht genug schützen, wenn er, durch Dorn und Gestrüppe, die Felsen hinauf klimmt, um droben, in den Bergdörfern, Kranke zu trösten oder Kinder beten zu lehren; – und er ist zufrieden, wenn man ihm dafür ein Stückchen Brot in den Sack steckt und ihm ein bisschen Stroh gibt, um darauf zu schlafen.

»Gegen den Mann will ich nicht schreiben«, sprach ich zu mir selbst. »Wenn ich wieder zu Hause in Deutschland, auf meinem Lehnsessel, am knisternden Öfchen, bei einer behaglichen Tasse Tee, wohlgenährt und warm sitze, und gegen die katholischen Pfaffen schreibe – gegen den Mann will ich nicht schreiben.« –

Um gegen die katholischen Pfaffen zu schreiben, muss man auch ihre Gesichter kennen. Die Originalgesichter sieht man aber nur in Italien. Die deutschen katholischen Priester und Mönche sind bloß schlechte Nachahmungen, oft sogar Parodien der italienischen; eine Vergleichung derselben würde ebenso ausfallen, als wenn man römische oder florentinische Heiligenbilder vergleichen wollte mit jenen heuschrecklichen, frommen Fratzen, die etwa dem spießbürgerlichen Pinsel eines Nürnberger Stadtmalers oder gar der lieben Einfalt eines Gemütsbeflissenen aus der langhaarig christlich neudeutschen Schule ihr trauriges Dasein verdanken.

Die Pfaffen in Italien haben sich schon längst mit der öffentlichen Meinung abgefunden, das Volk dort ist längst daran gewöhnt, die geistliche Würde von der unwürdigen Person zu unterscheiden, jene zu ehren, wenn auch diese verächtlich ist. Eben der Kontrast, den die idealen Pflichten und Ansprüche des geistlichen Standes und die unabweislichen Bedürfnisse der sinnlichen Natur bilden müssen, jener uralte, ewige Konflikt zwischen dem Geiste und der Materie, macht die italienischen Pfaffen zu stehenden Charakteren des Volks-Humors, in Satiren, Liedern und Novellen. Ähnliche Erscheinungen zeigen sich uns überall, wo ein ähnlicher Priesterstand vorhanden ist, z. B. in Hindostan. In den Komödien dieses urfrommen Landes, wie wir schon in der Sakontala bemerkt und in der neulich übersetzten Vasantasena bestätigt finden, spielt immer ein Brahmine die komische Rolle, sozusagen den Priestergrazioso, ohne dass dadurch die Ehrfurcht, die man seinen Opferverrichtungen und seiner privilegierten Heiligkeit schuldig ist, im mindestens beeinträchtigt wird, – ebenso wenig wie ein Italiener mit minderer Andacht bei einem Priester Messe hört oder beichtet, den er noch Tags zuvor betrunken im Straßenkote gefunden hat. In Deutschland ist das anders, der katholische Priester will da nicht bloß seine Würde durch sein Amt, sondern auch sein Amt durch seine Person repräsentieren; und weil er es vielleicht Anfangs mit seinem Berufe wirklich ganz ernsthaft gemeint hat und er nachher, wenn seine Keuschheits- und Demutsgelübde etwas mit dem alten Adam kollidieren, sie dennoch nicht öffentlich verletzen will, [...] so sucht er wenigstens den Schein eines heiligen Wandels zu bewahren. Daher Scheinheiligkeit, Heuchelei und gleißendes Frömmeln bei deutschen Pfaffen; bei den italienischen hingegen viel mehr Durchsichtigkeit der Maske und eine gewisse feiste Ironie und behagliche Weltverdauung.

Doch was helfen solche allgemeine Reflexionen! Sie können dir wenig nutzen, lieber Leser, wenn du etwa Lust hättest, gegen das katholische Pfaffentum zu schreiben. Zu diesem Zwecke muss man, wie gesagt, mit eigenen Augen die Gesichter sehen, die dazu gehören. Wahrlich, es ist nicht einmal hinreichend, wenn man sie im königlichen Opernhause zu Berlin gesehen hat. Der vorige Generalintendant tat zwar immer das Seinige, um den Krönungszug in der »Jungfrau von Orleans« so täuschend treu als möglich darzustellen, seinen Landsleuten die Idee einer Prozession zu veranschaulichen und ihnen Pfaffen von allen Couleuren vor Augen zu bringen. Doch das getreueste Kostüm kann nicht die Originalgesichter ersetzen [...].

Ist es doch eine bekannte Bemerkung, dass die Pfaffen in der ganzen Welt, Rabbinen, Muftis, Dominikaner, Konsistorialräte, Popen, Bonzen, kurz das ganze diplomatische Corps Gottes, im Gesichte eine gewisse Familienähnlichkeit haben, wie man sie immer findet bei Leuten, die ein und dasselbe Gewerbe treiben. Schneider, in der ganzen Welt, zeichnen sich aus durch Zartheit der Glieder, Metzger und Soldaten tragen wieder überall denselben Farou'schen Anstrich, Juden haben ihre eigentümlich ehrliche Miene nicht, weil sie von Abraham, Isaak und Jakob abstammen, sondern weil sie Kaufleute sind, und der Frankfurter christliche Kaufmann sieht dem Frankfurter jüdischen Kaufmanne ebenso ähnlich wie ein faules Ei dem andern. Die geistlichen Kaufleute, solche, die von Religionsgeschäften ihren Unterhalt gewinnen, erlangen daher auch im Gesichte eine Ähnlichkeit. Freilich, einige Nuancen entstehen durch die Art und Weise, wie sie ihr Geschäft treiben. Der katholische Pfaffe treibt es mehr wie ein Kommis, der in einer großen Handlung angestellt ist; die Kirche, das große Haus, dessen Chef der Papst ist, gibt ihm bestimmte Beschäftigung und dafür ein bestimmtes Salär; er arbeitet lässig, wie jeder, der nicht für eigne Rechnung arbeitet und viele Kollegen hat und im großen Geschäftstreiben leicht unbemerkt bleibt – nur der Kredit des Hauses liegt ihm am Herzen und noch mehr dessen Erhaltung, da er bei einem etwaigen Bankrotte seinen Lebensunterhalt verlöre. Der protestantische Pfaffe hingegen ist überall selbst Prinzipal, und er treibt die Religionsgeschäfte für eigene Rechnung. Er treibt keinen Großhandel wie sein katholischer Gewerbsgenosse, sondern nur einen Kleinhandel; und da er demselben allein vorstehen muss, darf er nicht lässig sein, er muss seine Glaubensartikel den Leuten anrühmen, die Artikel seiner Konkurrenten herabsetzen, und als echter Kleinhändler steht er in seiner Ausschnittbude, voll von Gewerbsneid gegen alle großen Häuser, absonderlich gegen das große Haus in Rom, das viele tausend Buchhalter und Packknechte besoldet und seine Faktoreien hat in allen vier Weltteilen. Solches hat nun freilich auch seine physiognomischen Wirkungen, aber diese sind doch nicht vom Parterre aus bemerkbar, die Familienähnlichkeit in den Gesichtern katholischer und protestantischer Pfaffen bleibt doch in ihren Hauptzügen unverändert, und wenn der Generalintendant die obenerwähnten Herren gut bezahlt, so werden sie ihre Rolle, wie immer, recht täuschend spielen. Auch ihr Gang wird zur Illusion beitragen; obgleich ein feines, geübtes Auge wohl merkt, dass er sich von dem Gange katholischer Priester und Mönche ebenfalls durch feine Nuancen unterscheidet. Ein katholischer Pfaffe wandelt einher, als wenn ihm der Himmel gehöre; ein protestantischer Pfaffe hingegen geht herum, als wenn er den Himmel gepachtet habe.

»Die Stadt Lucca« (1831)

Zeter! Zeter!
Glaubenshass und Religionsstreit

Ein kleiner Glaubenskrieg*

Als ich noch klein war, in Dublin, und zu Mutters Füßen saß, frug ich sie einst: was man mit den alten Vollmonden anfange? Liebes Kind, sagte die Mutter, die alten Vollmonde schlägt der liebe Gott mit dem Zuckerhammer in Stücke und macht daraus die kleinen Sterne. [...] als ich mit der kleinen Lucie zusammenkam und der Vollmond am Himmel stand und ich ihr erklärte, wie man bald kleine Sterne daraus machen werde, lachte sie mich aus und sagte, dass ihre Großmutter, die alte O'Meara ihr erzählt habe: die Vollmonde würden in der Hölle als Feuermelonen verzehrt, und da man dort keinen Zucker habe, müsse man Pfeffer und Salz drauf streuen. Hatte Lucie vorher über meine Meinung, die etwas naiv evangelisch war, mich ausgelacht, so lachte ich noch mehr über ihre düster katholische Ansicht, vom Auslachen kam es zu ernstem Streit, wir pufften uns, wir kratzten uns blutig, wir bespuckten uns polemisch, bis der kleine O'Donnell aus der Schule kam und uns auseinander riss. Dieser Knabe hatte dort besseren Unterricht in der Himmelskunde genossen, verstand sich auf Mathematik und belehrte uns ruhig über unsere beiderseitigen Irrtümer und die Torheit unseres Streits. Und was geschah? Wir beiden Mädchen unterdrückten vor der Hand unseren Meinungsstreit und vereinigten uns gleich, um den kleinen ruhigen Mathematikus durchzuprügeln.

»Die Stadt Lucca« (1831)

Der Hass auf die Juden*

Was ist aber der letzte Grund jenes Hasses, den wir in Europa zwischen den Anhängern der mosaischen Gesetze und der Lehre Christi bis auf heutigen Tag gewahren [...]? Ist es der ursprüngliche Bruderhass, den wir schon gleich nach Erschaffung der Welt, ob der Verschiedenheit des Gottesdienstes, zwischen Kain und Abel entlodern sehen? Oder ist die Religion überhaupt nur Vorwand, und die Menschen hassen sich, um sich zu hassen, wie sie sich lieben, um sich zu lieben? Auf welcher Seite ist die Schuld bei diesem Groll? Ich kann nicht umhin, zur Beantwortung dieser Frage eine Stelle aus einem Privatbriefe mitzuteilen [...]:

»Ich verdamme nicht den Hass, womit das gemeine Volk die Juden verfolgt; ich verdamme nur die unglückseligen Irrtümer, die jenen Hass erzeugten. Das Volk hat immer recht in der Sache, seinem Hasse wie seiner Liebe liegt immer ein ganz richtiger Instinkt zu Grunde, nur weiß es nicht, seine Empfindungen richtig zu formulieren, und statt der Sache trifft sein Groll gewöhnlich die Person, den unschuldigen Sündenbock zeitlicher oder örtlicher Missverhältnisse. Das Volk leidet Mangel, es fehlen ihm die Mittel zum Lebensgenuss, und obgleich ihm die Priester der Staatsreligion versichern, ›dass man auf Erden sei, um zu entbehren und trotz Hunger und Durst der Obrigkeit zu gehorchen‹ – so hat doch das Volk eine geheime Sehnsucht nach den Mitteln des Genusses, und es hasst diejenigen, in deren Kisten und Kasten dergleichen aufgespeichert liegt; es hasst die Reichen und ist froh, wenn ihm die Religion erlaubt, sich diesem Hasse mit vollem Gemüte hinzugeben. Das gemeine Volk hasste in den Juden immer nur die Geldbesitzer, es war immer das aufgehäufte Metall, welches die Blitze seines Zornes auf die Juden herabzog. Der jedesweilige Zeitgeist lieh nun immer jenem Hasse seine Parole. Im Mittelalter trug diese Parole die düstre Farbe der katholischen Kirche, und man schlug die Juden tot und plünderte ihre Häuser: ›weil sie Christus gekreuzigt‹ – ganz mit derselben Logik, wie auf St. Domingo einige schwarze Christen, zur Zeit der Massaker, mit einem Bilde des gekreuzigten Heilands herumliefen und fanatisch schrien: *les blancs l'ont tué, tuons tous les blancs.*

Mein Freund, Sie lachen über die armen Neger; ich versichere Sie, die westindischen Pflanzer lachten damals nicht und wurden niedergemetzelt, zur Sühne Christi, wie einige Jahrhunderte früher die europäischen Juden. Aber die schwarzen Christen auf St. Domingo hatten in der Sache ebenfalls recht! Die Weißen lebten müßig in der Fülle aller Genüsse, während der Neger im Schweiße seines schwarzen Angesichts für sie arbeiten musste und zum Lohne nur ein bisschen Reismehl und sehr viele Peitschenhiebe erhielt; die Schwarzen waren das gemeine Volk.

Wir leben nicht mehr im Mittelalter, auch das gemeine Volk wird aufgeklärter, schlägt die Juden nicht mehr auf einmal tot und beschönigt seinen Hass nicht mehr mit der Religion; unsere Zeit ist nicht mehr so naiv glaubensheiß, der traditionelle Groll kleidet sich in modernen Redensarten, und der Pöbel in den Bierstuben wie in den Deputiertenkammern deklamiert wider die Juden mit merkantilischen, industriellen, wissenschaftlichen oder gar philosophischen Argumenten. Nur abgefeimte Heuchler geben noch heute ihrem Hass eine religiöse Färbung und verfolgen die Juden um Christi willen; die große Menge gesteht offenherzig, dass hier materielle Interessen zu Grunde liegen, und sie will den Juden durch alle möglichen Mittel die Ausübung ihrer industriellen Fähigkeiten erschweren. Hier in Frankfurt z. B. dürfen jährlich nur vierundzwanzig Bekenner des mosaischen Glaubens heiraten, damit ihre Population nicht zunimmt und für die christlichen Handelsleute keine allzu starke Konkurrenz erzeugt wird. Hier tritt der wirkliche Grund des Judenhasses mit seinem wahren Gesichte hervor, und dieses Gesicht trägt keine düster fanatische Mönchsmiene, sondern die schlaffen, aufgeklärten Züge eines Krämers, der sich ängstigt, im Handel und Wandel von dem israelitischen Geschäftsgeist überflügelt zu werden.«

»Shakespeares Mädchen
und Frauen« (1839)

Disputation

In der Aula zu Toledo
Klingen schmetternd die Fanfaren;
Zu dem geistlichen Turnei
Wallt das Volk in bunten Scharen.

Das ist nicht ein weltlich Stechen,
Keine Eisenwaffe blitzet –
Eine Lanze ist das Wort,
Das scholastisch scharf gespitzet.

Nicht galante Paladins
Fechten hier, nicht Damendiener –
Dieses Kampfes Ritter sind
Kapuziner und Rabbiner.

Statt des Helmes tragen sie
Schabbesdeckel und Kapuzen;
Skapulier und Arbekanfes
Sind der Harnisch, drob sie trutzen.

Welches ist der wahre Gott?
Ist es der Hebräer starrer
Großer Eingott, dessen Kämpe
Rabbi Juda, der Navarrer?

Oder ist es der dreifalt'ge
Liebegott der Christianer,
Dessen Kämpe Frater Jose,
Gardian der Franziskaner?

Durch die Macht der Argumente,
Durch der Logik Kettenschlüsse
Und Zitate von Autoren,
Die man anerkennen müsse,

Will ein jeder Kämpe seinen
Gegner *ad absurdum* führen
Und die wahre Göttlichkeit
Seines Gottes demonstrieren.

Festgestellt ist: dass derjen'ge,
Der im Streit ward überwunden,
Seines Gegners Religion
Anzunehmen sei verbunden,

Dass der Jude sich der Taufe
Heil'gem Sakramente füge,
Und im Gegenteil der Christ
Der Beschneidung unterliege.

Jedem von den beiden Kämpen
Beigesellt sind elf Genossen,
Die zu teilen sein Geschick
Sind in Freud und Leid entschlossen.

Glaubenssicher sind die Mönche
Von des Gardians Geleitschaft,
Halten schon Weihwasserkübel
Für die Taufe in Bereitschaft,

Schwingen schon die Sprengelbesen
Und die blanken Räucherfässer –
Ihre Gegner unterdessen
Wetzen die Beschneidungsmesser.

Beide Rotten stehn schlagfertig
Vor den Schranken in dem Saale,
Und das Volk mit Ungeduld
Harret drängend der Signale.

Unterm güldnen Baldachin
Und umrauscht vom Hofgesinde
Sitzt der König und die Kön'gin;
Diese gleichet einem Kinde.

Ein französisch stumpfes Näschen,
Schalkheit kichert in den Mienen,
Doch bezaubernd sind des Mundes
Immer lächelnde Rubinen.

Schöne, flatterhafte Blume –
Dass sich ihrer Gott erbarme –
Von dem heitern Seine-Ufer
Wurde sie verpflanzt, die arme,

Hierher in den steifen Boden
Der hispanischen Grandezza;
Weiland hieß sie Blanch' de Bourbon,
Donna Blanca heißt sie jetzo.

Pedro wird genannt der König,
Mit dem Zusatz der Grausame;
Aber heute, milden Sinnes,
Ist er besser als sein Name.

Unterhält sich gut gelaunt
Mit des Hofes Edelleuten;
Auch den Juden und den Mohren
Sagt er viele Artigkeiten.

Diese Ritter ohne Vorhaut
Sind des Königs Lieblingsschranzen,
Sie befehl'gen seine Heere,
Sie verwalten die Finanzen.

Aber plötzlich Paukenschläge,
Und es melden die Trompeten,
Dass begonnen hat der Maulkampf,
Der Disput der zwei Athleten.

Der Gardian der Franziskaner
Bricht hervor mit frommem Grimme;
Polternd roh und widrig greinend
Ist abwechselnd seine Stimme.

In des Vaters und des Sohnes
Und des heil'gen Geistes Namen
Exorzieret er den Rabbi,
Jakobs maledeiten Samen.

Denn bei solchen Kontroversen
Sind oft Teufelchen verborgen
In dem Juden, die mit Scharfsinn,
Witz und Gründen ihn versorgen.

Nun die Teufel ausgetrieben
Durch die Macht des Exorzismus,
Kommt der Mönch auch zur Dogmatik,
Kugelt ab den Katechismus.

Er erzählt, dass in der Gottheit
Drei Personen sind enthalten,
Die jedoch zu einer einz'gen,
Wenn es passend, sich gestalten –

Ein Mysterium, das nur
Von demjen'gen wird verstanden,
Der entsprungen ist dem Kerker
Der Vernunft und ihren Banden.

Er erzählt: wie Gott der Herr
Ward zu Bethlehem geboren
Von der Jungfrau, welche niemals
Ihre Jungferschaft verloren;

Wie der Herr der Welt gelegen
In der Krippe, und ein Kühlein
Und ein Öchslein bei ihm stunden,
Schier andächtig, zwei Rindviehlein.

Er erzählte: wie der Herr
Vor den Schergen des Herodes
Nach Ägypten floh, und später
Litt die herbe Pein des Todes

Unter Pontio Pilato,
Der das Urteil unterschrieben,
Von den harten Pharisäern,
Von den Juden angetrieben.

Er erzählte: wie der Herr,
Der entstiegen seinem Grabe
Schon am dritten Tag, gen Himmel
Seinen Flug genommen habe;

Wie er aber, wenn es Zeit ist,
Wiederkehren auf die Erde
Und zu Josaphat die Toten
Und Lebend'gen richten werde.

»Zittert, Juden!« rief der Mönch,
»Vor dem Gott, den Ihr mit Hieben
Und mit Dornen habt gemartert
Den Ihr in den Tod getrieben.

Seine Mörder, Volk der Rachsucht,
Juden, das seid Ihr gewesen –
Immer meuchelt Ihr den Heiland,
Welcher kommt, Euch zu erlösen.

Judenvolk, du bist ein Aas,
Worin hausen die Dämonen;
Eure Leiber sind Kasernen
Für des Teufels Legionen.

Thomas von Aquino sagt es,
Den man nennt den großen Ochsen
Der Gelehrsamkeit, er ist
Licht und Lust der Orthodoxen.

Judenvolk, Ihr seid Hyänen,
Wölfe, Schakals, die in Gräbern
Wühlen, um der Toten Leichnam'
Blutfraßgierig aufzustöbern.

Juden, Juden, Ihr seid Säue,
Paviane, Nashorntiere,
Die man nennt Rhinozerosse,
Krokodile und Vampire.

Ihr seid Raben, Eulen, Uhus,
Fledermäuse, Wiedehöpfe,
Leichenhühner, Basilisken,
Galgenvögel, Nachtgeschöpfe.

Ihr seid Vipern und Blindschleichen,
Klapperschlangen, gift'ge Kröten,
Ottern, Nattern – Christus wird
Eur verfluchtes Haupt zertreten.

Oder wollt Ihr, Maledeiten,
Eure armen Seelen retten?
Aus der Bosheit Synagoge
Flüchtet nach den frommen Stätten,

Nach der Liebe lichtem Dome,
Wo im benedeiten Becken
Euch der Quell der Gnade sprudelt –
Drin sollt Ihr die Köpfe stecken –

Wascht dort ab den alten Adam
Und die Laster, die ihn schwärzen;
Des verjährten Grolles Schimmel,
Wascht ihn ab von Euren Herzen!

Hört Ihr nicht des Heilands Stimme?
Euren neuen Namen rief er –
Lauset Euch an Christi Brust
Von der Sünde Ungeziefer!

Unser Gott, der ist die Liebe,
Und er gleichet einem Lamme;
Um zu sühnen unsre Schuld
Starb er an des Kreuzes Stamme.

Unser Gott, der ist die Liebe,
Jesus Christus ist sein Namen;
Seine Duldsamkeit und Demut
Suchen wir stets nachzuahmen.

Deshalb sind wir auch so sanft,
So leutselig, ruhig, milde,
Hadern niemals, nach des Lammes,
Des Versöhners, Musterbilde.

Einst im Himmel werden wir
Ganz verklärt zu frommen Englein,
Und wir wandeln dort gottselig,
In den Händen Lilienstenglein.

Statt der groben Kutten tragen
Wir die reinlichsten Gewänder
Von Moußlin, Brokat und Seide,
Goldne Troddeln, bunte Bänder.

Keine Glatze mehr! Goldlocken
Flattern dort um unsre Köpfe;
Allerliebste Jungfraun flechten
Uns das Haar in hübsche Zöpfe.

Weinpokale wird es droben
Von viel weiterm Umfang geben,
Als die Becher sind hier unten,
Worin schäumt der Saft der Reben.

Doch im Gegenteil viel enger
Als ein Weibermund hienieden,
Wird das Frauenmündchen sein,
Das dort oben uns beschieden.

Trinkend, küssend, lachend wollen
Wir die Ewigkeit verbringen,
Und verzückt Halleluja,
Kyrie Eleison singen.«

Also schloss der Christ. Die Mönchlein
Glaubten schon, Erleuchtung träte
In die Herzen, und sie schleppten
Flink herbei das Taufgeräte.

Doch die wasserscheuen Juden
Schütteln sich und grinsen schnöde.
Rabbi Juda, der Navarrer,
Hub jetzt an die Gegenrede:

»Um für deine Saat zu düngen
Meines Geistes dürren Acker,
Mit Mistkarren voll Schimpfwörter
Hast du mich beschmissen wacker.

So folgt jeder der Methode,
Dran er nun einmal gewöhnet,
Und anstatt dich drob zu schelten,
Sag' ich Dank dir, wohlversöhnet.

Die Dreieinigkeitsdoktrin
Kann für unsre Leut nicht passen,
Die mit Regula-de-tri
Sich von Jugend auf befassen.

Dass in deinem Gotte drei,
Drei Personen sind enthalten
Ist bescheiden noch, sechstausend
Götter gab es bei den Alten.

Unbekannt ist mir der Gott,
Den Ihr Christum pflegt zu nennen;
Seine Jungfer Mutter gleichfalls
Hab ich nicht die Ehr zu kennen.

Ich bedaure, dass er einst,
Vor etwa zwölfhundert Jahren,
Ein'ge Unannehmlichkeiten
Zu Jerusalem erfahren.

Ob die Juden ihn getötet,
Das ist schwer jetzt zu erkunden,
Da ja das Corpus Delicti
Schon am dritten Tag verschwunden.

Dass er ein Verwandter sei
Unsres Gottes, ist nicht minder
Zweifelhaft; so viel wir wissen
Hat der letztre keine Kinder.

Unser Gott ist nicht gestorben
Als ein armes Lämmerschwänzchen
Für die Menschheit, ist kein süßes
Philantröpfchen, Faselhänschen.

Unser Gott ist nicht die Liebe;
Schnäbeln ist nicht seine Sache,
Denn er ist ein Donnergott
Und er ist ein Gott der Rache.

Seines Zornes Blitze treffen
Unerbittlich jeden Sünder,
Und des Vaters Schulden büßen
Oft die späten Enkelkinder.

Unser Gott, der ist lebendig
Und in seiner Himmelshalle
Existieret er drauf los
Durch die Ewigkeiten alle.

Unser Gott, und der ist auch
Ein gesunder Gott, kein Mythos
Bleich und dünne wie Oblaten
Oder Schatten am Cocythos.

Unser Gott ist stark. In Händen
Trägt er Sonne, Mond, Gestirne;
Throne brechen, Völker schwinden,
Wenn er runzelt seine Stirne.

Und er ist ein großer Gott.
David singt: Ermessen ließe
Sich die Größe nicht, die Erde
Sei der Schemel seiner Füße.

Unser Gott liebt die Musik,
Saitenspiel und Festgesänge;
Doch wie Ferkelgrunzen sind
Ihm zuwider Glockenklänge.

Leviathan heißt der Fisch,
Welcher haust im Meeresgrunde;
Mit ihm spielet Gott der Herr
Alle Tage eine Stunde –

Ausgenommen an dem neunten
Tag des Monats Ab, wo nämlich
Eingeäschert ward sein Tempel;
An dem Tag ist er zu grämlich.

Des Leviathans Länge ist
Hundert Meilen, hat Floßfedern
Groß wie König Ok von Basan,
Und sein Schwanz ist wie ein Zedern.

Doch sein Fleisch ist delikat,
Delikater als Schildkröten,
Und am Tag der Auferstehung
Wird der Herr zu Tische beten

Alle frommen Auserwählten,
Die Gerechten und die Weisen –
Unsres Herrgotts Lieblingsfisch
Werden sie alsdann verspeisen,

Teils mit weißer Knoblauchbrühe,
Teils auch braun in Wein gesotten,
Mit Gewürzen und Rosinen,
Ungefähr wie Matelotten.

In der weißen Knoblauchbrühe
Schwimmen kleine Schäbchen Rettig –
So bereitet, Frater Jose,
Mundet dir das Fischlein, wett' ich!

Auch die braune ist so lecker,
Nämlich die Rosinensauce,
Sie wird himmlisch wohl behagen
Deinem Bäuchlein, Frater Jose.

Was Gott kocht, ist gut gekocht!
Mönchlein, nimm jetzt meinen Rat an,
Opfre hin die alte Vorhaut
Und erquick' dich am Leviathan.«

Also lockend sprach der Rabbi,
Lockend, ködernd, heimlich schmunzelnd,
Und die Juden schwangen schon
Ihre Messer wonnegrunzelnd,

Um als Sieger zu skalpieren
Die verfallenen Vorhäute,
Wahre spolia opima
In dem wunderlichen Streite.

Doch die Mönche hielten fest
An dem väterlichen Glauben
Und an ihrer Vorhaut, ließen
Sich derselben nicht berauben.

Nach dem Juden sprach aufs neue
Der katholische Bekehrer;
Wieder schimpft er, jedes Wort
Ist ein Nachttopf, und kein leerer.

Darauf repliziert der Rabbi
Mit zurückgehaltnem Eifer;
Wie sein Herz auch überkocht,
Doch verschluckt er seinen Geifer.

Er beruft sich auf die Mischna,
Kommentare und Traktate;
Bringt auch aus dem Tausves-Jontof
Viel beweisende Zitate.

Aber welche Blasphemie
Musst' er von dem Mönche hören!
Dieser sprach: der Tausves-Jontof
Möge sich zum Teufel scheren.

»Da hört alles auf, o Gott!«
Kreischt der Rabbi jetzt entsetzlich;
Und es reißt ihm die Geduld;
Rappelköpfig wird er plötzlich.

»Gilt nichts mehr der Tausves-Jontof,
Was soll gelten? Zeter! Zeter!
Räche, Herr, die Missetat,
Strafe, Herr, den Übeltäter!

Denn der Tausves-Jontof, Gott,
Das bist du! Und an dem frechen
Tausvesjontof-Läugner musst du
Deines Namens Ehre rächen.

Lass den Abgrund ihn verschlingen,
Wie des Kora böse Rotte,
Die sich wider dich empört
Durch Emeute und Komplotte.

Donnre deinen besten Donner!
Strafe, o mein Gott, den Frevel –
Hattest du doch zu Sodoma
Und Gomorrha Pech und Schwefel!

Treffe, Herr, die Kapuziner,
Wie du Pharaon getroffen,
Der uns nachgesetzt, als wir
Wohl bepackt davon geloffen.

Hunderttausend Ritter folgten
Diesem König von Mizrayim,
Stahlbepanzert, blanke Schwerter
In den schrecklichen Jadayim.

Gott! da hast du ausgestreckt
Deine Jad, und samt dem Heere
Ward ertränkt, wie junge Katzen,
Pharao im roten Meere.

Treffe, Herr, die Kapuziner,
Zeige den infamen Schuften,
Dass die Blitze deines Zorns
Nicht verrauchten und verpufften.

Deines Sieges Ruhm und Preis
Will ich singen dann und sagen,
Und dabei, wie Mirjam tat
Tanzen und die Pauke schlagen.«

In die Rede grimmig fiel
Jetzt der Mönch dem Zornentflammten:
»Mag dich selbst der Herr verderben,
Dich Verfluchten und Verdammten!

Trotzen kann ich deinen Teufeln,
Deinem schmutz'gen Fliegengotte,
Luzifer und Beelzebube
Belial und Astarothe.

Trotzen kann ich deinen Geistern,
Deinen dunkeln Höllenpossen,
Denn in mir ist Jesus Christus,
Habe seinen Leib genossen.

Christus ist mein Leibgericht,
Schmeckt viel besser als Leviathan
Mit der weißen Knoblauchsauce,
Die vielleicht gekocht der Satan.

Ach! anstatt zu disputieren,
Lieber möcht' ich schmoren, braten
Auf dem wärmsten Scheiterhaufen
Dich und deine Kameraden.«

Also tost in Schimpf und Ernst
Das Turnei für Gott und Glauben,
Doch die Kämpen ganz vergeblich
Kreischen, schelten, wüten, schnauben.

Schon zwölf Stunden währt der Kampf,
Dem kein End ist abzuschauen;
Müde wird das Publikum,
Und es schwitzen stark die Frauen.

Auch der Hof wird ungeduldig,
Manche Zofe gähnt ein wenig.
Zu der schönen Königin
Wendet fragend sich der König:

Sagt mir, was ist Eure Meinung?
Wer hat recht von diesen beiden?
Wollt Ihr für den Rabbi Euch
Oder für den Mönch entscheiden?

Donna Blanca schaut ihn an
Und wie sinnend ihre Hände
Mit verschränkten Fingern drückt sie
An die Stirn und spricht am Ende:

Welcher recht hat, weiß ich nicht –
Doch es will mich schier bedünken,
Dass der Rabbi und der Mönch,
Dass sie alle beide stinken.

»Romanzero« (1851)

Der kleine Simson und die Atheisten

Wenn der Braten ganz schlecht war, disputierten wir über die Existenz Gottes. Der liebe Gott hatte aber immer die Majorität. Nur drei von der Tischgenossenschaft waren atheistisch gesinnt; aber auch diese ließen sich überreden, wenn wir wenigstens guten Käse zum Dessert bekamen. Der eifrigste Deist war der kleine Simson, und wenn er mit dem langen Vanpitter über die Existenz Gottes disputierte, wurde er zuweilen höchst ärgerlich, lief im Zimmer auf und ab und schrie beständig: »Das ist bei Gott nicht erlaubt!« Der lange Vanpitter, ein magerer Friese, dessen Seele so ruhig wie das Wasser in einem holländischen Kanal und dessen Worte sich ruhig hinzogen wie eine Trekschuite, holte seine Argumente aus der deutschen Philosophie, womit man sich damals in Leiden stark beschäftigte. Er spöttelte über die engen Köpfe, die dem lieben Gott eine Privatexistenz zuschreiben, er beschuldigte sie sogar der Blasphemie, indem sie Gott mit Weisheit, Gerechtigkeit, Liebe und ähnlichen menschlichen Eigenschaften versähen, die sich gar nicht für ihn schickten; denn diese Eigenschaften seien gewissermaßen die Negation von menschlichen Gebrechen, da wir sie nur als Gegensatz zu menschlicher Dummheit, Ungerechtigkeit und Hass aufgefasst haben. Wenn aber Vanpitter seine eigenen pantheistischen Ansichten entwickelte, so trat der dicke Fichteaner, ein gewisser Driksen aus Utrecht, gegen ihn auf und wusste seinen vagen, in der Natur verbreiteten, also immer im Raume existierenden Gott gehörig durchzuhecheln, ja er behauptete: es sei Blasphemie, wenn man auch nur von einer Existenz Gottes spricht, indem

»Existieren« ein Begriff sei, der einen gewissen Raum, kurz, etwas Substanzielles voraussetze. Ja, es sei Blasphemie, von Gott zu sagen: »Er ist«; das reinste Sein könne nicht ohne sinnliche Beschränkung gedacht werden; wenn man Gott denken wolle, müsse man von aller Substanz abstrahieren, man müsse ihn nicht denken als eine Form der Ausdehnung, sondern als eine Ordnung der Begebenheiten; Gott sei kein Sein, sondern reines Handeln, er sei nur Prinzip einer übersinnlichen Weltordnung.

Bei diesen Worten aber wurde der kleine Simson immer ganz wütend und lief noch toller im Zimmer herum und schrie noch lauter: »O Gott! Gott! Das ist bei Gott nicht erlaubt, o Gott!« Ich glaube, er hätte den dicken Fichteaner geprügelt, zur Ehre Gottes, wenn er nicht gar zu dünne Ärmchen hatte. Manchmal stürmte er auch wirklich auf ihn los; dann aber nahm der Dicke die beiden Ärmchen des kleinen Simson, hielt ihn ruhig fest, setzte ihm sein System ganz ruhig auseinander, ohne die Pfeife aus dem Munde zu nehmen, und blies ihm dann seine dünnen Argumente mitsamt dem dicksten Tabaksdampf ins Gesicht, so dass der Kleine fast erstickte vor Rauch und Ärger und immer leiser und hilfeflehend wimmerte: »O Gott! O Gott!« Aber der half ihm nie, obgleich er dessen eigene Sache verfocht.

Trotz dieser göttlichen Indifferenz, trotz diesem fast menschlichen Undank Gottes, blieb der kleine Simson doch der beständige Champion des Deismus, und ich glaube, aus angeborener Neigung. Denn seine Väter gehörten zu dem auserwählten Volke Gottes, einem Volke, das Gott einst mit seiner besonderen Liebe protegiert und das daher bis auf diese Stunde eine gewisse Anhänglichkeit für den lieben Gott bewahrt hat. Die Juden sind immer die gehorsamsten

Deisten, namentlich diejenigen, welche, wie der kleine Simson, in der freien Stadt Frankfurt geboren sind. Diese können bei politischen Fragen so republikanisch als möglich denken, ja sich sogar sansculottisch im Kote wälzen; kommen aber religiöse Begriffe ins Spiel, dann bleiben sie untertänige Kammerknechte ihres Jehova, des alten Fetischs, der doch von ihrer ganzen Sippschaft nichts mehr wissen will und sich zu einem Gott-reinen Geist umtaufen lassen.

Aus den »Memoiren des Herrren von Schnabelewopski« (1834)

Religion und Staat

Wischwasch. Staatsreligionen*

Eben weil ich ein Freund des Staats und der Religion bin, hasse ich jene Missgeburt, die man Staatsreligion nennt, jenes Spottgeschöpf, das aus der Buhlschaft der weltlichen und der geistlichen Macht entstanden, jenes Maultier, das der Schimmel des Antichrists mit der Eselin Christi gezeugt hat. Gäbe es keine solche Staatsreligion, keine Bevorrechtung eines Dogmas und eines Kultus, so wäre Deutschland einig und stark und seine Söhne wären herrlich und frei. So aber ist unser armes Vaterland zerrissen durch Glaubenszwiespalt, das Volk ist getrennt in feindliche Religionsparteien, protestantische Untertanen hadern mit ihren katholischen Fürsten oder umgekehrt, überall Misstrauen ob Kryptokatholizismus oder Kryptoprotestantismus, überall Verketzerung, Gesinnungsspionage, Pietismus, Mystizismus, Kirchenzeitungsschnüffeleien, Sektenhass, Bekehrungssucht, und während wir über den Himmel streiten, gehen wir auf Erden zu Grunde. Ein Indifferentismus in religiösen Dingen wäre vielleicht allein im Stande, uns zu retten, und durch Schwächerwerden im Glauben könnte Deutschland politisch erstarken.

Für die Religion selber, für ihr heiliges Wesen, ist es ebenso verderblich, wenn sie mit Privilegien bekleidet ist, wenn ihre Diener vom Staate vorzugsweise dotiert werden und zur Erhaltung dieser Dotationen ihrerseits verpflichtet sind, den Staat zu vertreten, und solchermaßen eine Hand die andere wäscht, die geistliche die weltliche und umgekehrt, und ein Wischwasch entsteht, der dem lieben Gott eine Torheit und den Menschen ein Gräuel ist. Hat nun der Staat Gegner, so werden diese auch Feinde der Religion, die der Staat bevorrechtet und die deshalb seine Alliierte ist; und selbst der harmlose Gläubige wird misstrauisch, wenn er in der Religion auch politische Absicht wittert. Am widerwärtigsten aber ist der Hochmut der Priester, wenn sie für die Dienste, die sie dem Staate zu leisten glauben, auch auf dessen Unterstützung rechnen dürfen, wenn sie für die geistige Fessel, die sie ihm, um die Völker zu binden, geliehen haben, auch über seine Bajonette verfügen können. Die Religion kann nie schlimmer sinken, als wenn sie solchermaßen zur Staatsreligion erhoben wird, es geht dann gleichsam ihre innere Unschuld verloren, und sie wird so öffentlich stolz, wie eine deklarierte Mätresse. [...] Von Aufopferung ist gar nicht mehr die Rede, wie Kaufmannsdiener mit ihren Musterkarten so reisen die Missionäre mit ihren Traktätchen und Bekehrungsbüchlein, es ist keine Gefahr mehr bei diesem Geschäfte, und es bewegt sich ganz in merkantilisch ökonomischen Formen.

Nur solange die Religionen mit anderen zu rivalisieren haben und weit mehr verfolgt werden, als selbst verfolgen, sind sie herrlich und ehrenwert, nur da gibt's Begeisterung, Aufopferung, Märtyrer und Palmen. Wie schön, wie heilig lieblich, wie heimlich süß war das Christentum der ersten Jahrhunderte, als es selbst noch seinem göttlichen Stifter glich im Heldentum des Leidens. Da war's noch die schöne Legende von einem heimlichen Gotte, der in sanfter Jünglingsgestalt unter den Palmen Palästinas wandelte und Menschenliebe predigte und jene Freiheit- und Gleichheitslehre offenbarte, die auch später die Vernunft der größten Denker als wahr erkannt hat und die, als französisches Evangelium, unsere Zeit begeistert. Mit jener Religion Christi vergleiche man die verschiedenen Christentümer, die in den verschiedenen Ländern als Staatsreligionen konstituiert worden, z. B. die römisch apostolisch katholische Kirche oder gar jenen Katholizismus ohne Poesie, den wir als *High Church of England* herrschen sehen, jenes kläglich morsche Glaubensskelett, worin alles blühende Leben erloschen ist! Wie den Gewerben ist auch den Religionen das Monopolsystem schädlich, durch freie Konkurrenz bleiben sie kräftig, und sie werden erst dann zu ihrer ursprünglichen Herrlichkeit wieder erblühen, sobald die politische Gleichheit der Gottesdienste, sozusagen die Gewerbefreiheit der Götter eingeführt wird.

»Die Stadt Lucca« (1831)

Die Emanzipation der englischen Katholiken*

Wenn man mit dem dümmsten Engländer über Politik spricht, so wird er doch immer etwas Vernünftiges zu sagen wissen. Sobald man aber das Gespräch auf Religion lenkt, wird der gescheiteste Engländer nichts als Dummheiten zu Tage fördern. Daher entsteht wohl jene Verwirrung der Begriffe, jene Mischung von Weisheit und Unsinn, sobald im Parlamente die Emanzipation der Katholiken zur Sprache kommt, eine Streitfrage, worin Politik und Religion kollidieren. [...]

Von jeher stimmten die geistreichsten Staatsmänner Englands für die bürgerliche Gleichstellung der Katholiken, sowohl aus Gründen des innigsten Rechtsgefühls als auch der politischen Klugheit. [...] Dass die große Masse des englischen Volkes gegen die Katholiken gestimmt ist und täglich das Parlament bestürmt, ihnen nicht mehr Rechte einzuräumen, ist ganz in Ordnung. Es liegt in der menschlichen Natur eine solche Unterdrückungssucht, und wenn wir auch, was jetzt beständig geschieht, über bürgerliche Ungleichheit klagen, so sind alsdann unsere Augen nach oben gerichtet, wir sehen nur diejenigen, die über uns stehen und deren Vorrechte uns beleidigen; abwärts sehen wir nie bei solchen Klagen, es kommt uns nie in den Sinn, diejenigen, welche durch Gewohnheitsunrecht noch unter uns gestellt sind, zu uns heraufzuziehen, ja uns verdrießt es sogar, wenn diese ebenfalls in die Höhe streben, und wir schlagen ihnen auf die Köpfe. Der Kreole verlangt die Rechte des Europäers, spreizt sich aber gegen den Mulatten und sprüht Zorn, wenn dieser sich ihm gleichstellen will. Ebenso handelt der Mulatte gegen den Mestizen und dieser wieder gegen den Neger. Der Frankfurter Spießbürger ärgert sich über Vorrechte des Adels; aber er ärgert sich noch mehr, wenn man ihm zumutet, seine Juden zu emanzipieren. Ich habe einen Freund in Polen, der für Freiheit und Gleichheit schwärmt, aber bis auf diese Stunde seine Bauern noch nicht aus ihrer Leibeigenschaft entlassen hat.

Was den englischen Klerus betrifft, so bedarf es keiner Erörterung, weshalb von dieser Seite die Katholiken verfolgt werden. Verfolgung der Andersdenkenden ist überall das Monopol der Geistlichkeit, und auch die anglikanische Kirche behauptet streng ihre Rechte. Freilich, die Zehnten sind ihr die Hauptsache, sie würde durch die Emanzipation der Katholiken einen großen Teil ihres Einkommens verlieren, und Aufopferung eigener Interessen ist ein Talent, das den Priestern der Liebe ebenso sehr abgeht wie den sündigen Laien. Dazu kommt noch, dass jene glorreiche Revolution, welcher England die meisten seiner jetzigen Freiheiten verdankt, aus religiösem, protestantischem Eifer hervorgegangen: ein Umstand, der den Engländern gleichsam noch besondere Pflichten der Dankbarkeit gegen die herrschende protestantische Kirche auferlegt und sie diese als das Hauptbollwerk ihrer Freiheit betrachten lässt. [...]

Die religiöse Reformation ist in England nur halb vollbracht, und zwischen den kahlen vier Gefängniswänden der bischöflich anglikanischen Kirche befindet man sich noch viel schlechter als in dem weiten, hübsch bemalten und weichgepolsterten Geisteskerker des Katholizismus.

»Englische Fragmente« (1827)

Hühneraugen an den Staatsfüßen. Über die Gleichstellung der Juden*

Ja, die Emanzipation wird früh oder spät bewilligt werden müssen, aus Gerechtigkeitsgefühl, aus Klugheit, aus Notwendigkeit. Die Antipathie gegen die Juden hat bei den oberen Klassen keine religiöse Wurzel mehr, und bei den unteren Klassen transformiert sie sich täglich mehr und mehr in den sozialen Groll gegen die überwuchernde Macht des Kapitals, gegen die Ausbeutung der Armen durch die Reichen. Der Judenhass hat jetzt einen anderen Namen, sogar beim Pöbel. Was aber die Regierungen betrifft, so sind sie endlich zur hochweisen Ansicht gelangt, dass der Staat ein organischer Körper ist, und dass derselbe nicht zu einer vollkommenen Gesundheit gelangen kann, solange ein einziges seiner Glieder, und sei es auch nur der kleine Zeh, an einem Gebreste leidet. Ja, der Staat mag noch so keck sein Haupt tragen und mit breiter Brust allen Stürmen trotzen, das Herz in der Brust und sogar das stolze Haupt wird dennoch den Schmerz mitempfinden müssen, wenn der kleine Zeh an den Hühneraugen leidet – die Judenbeschränkungen sind solche Hühneraugen an den deutschen Staatsfüßen. [...] Fördert, beschleunigt die Emanzipation, damit sie nicht zu spät komme und überhaupt noch Juden in der Welt antrifft, die den Glauben ihrer Väter dem Heil ihrer Kinder vorziehen.

[...] die Frage von der bürgerlichen Gleichstellung der Bekenner des mosaischen Glaubens [...] hat [...] sonderbare Schicksale erlitten. Im Frühling des Jahres 1848 schien sie auf immer erledigt, aber wie mit so vielen andern Errungenschaften aus jener Blütezeit deutscher Hoffnung mag es jetzt in unsrer Heimat auch mit besagter Frage sehr rückgängig aussehen, und an manchen Orten soll sie sich wieder, wie man mir sagt, im schmachvollsten *statu quo* befinden. Die Juden dürften endlich zur Einsicht gelangen, dass sie erst dann wahrhaft emanzipiert werden können, wenn auch die Emanzipation der Christen vollständig erkämpft und sichergestellt worden. Ihre Sache ist identisch mit der des deutschen Volks, und sie dürfen nicht als Juden begehren, was ihnen als Deutschen längst gebührte.

»Ludwig Marcus. Denkworte«
und »Spätere Note« (1844/1854)

Konversionen

Ein gleichgültiger Akt? Taufbriefe*

Du siehst mich [...] in fortgesetztem Studium meiner Juristerei, die mir in der Folge Brot schaffen soll. Wie Du denken kannst – kommt hier die Taufe zur Sprache. Keiner von meiner Familie ist dagegen, außer ich. Und dieser ich ist sehr eigensinniger Natur. Aus meiner Denkungsart kannst Du es Dir wohl abstrahieren, dass mir die Taufe ein gleichgültiger Akt ist, dass ich ihn auch symbolisch nicht wichtig achte, und dass er in den Verhältnissen und auf der Weise, wie er bei mir vollzogen werden würde, auch für andere keine Bedeutung hätte. Für mich hätte er vielleicht die Bedeutung, dass ich mich der Verfechtung der Rechte meiner unglücklichen Stammsgenossen mehr weihen würde. Aber dennoch halte ich es unter meiner Würde und meine Ehre befleckend wenn ich, um ein Amt in Preußen anzunehmen, mich taufen ließe. Im lieben Preußen!!! Ich weiß wirklich nicht wie ich mich in meiner schlechten Lage helfen soll. Ich werde noch aus Ärger katholisch und hänge mich auf. [...] Wir leben in einer traurigen Zeit, Schurken werden zu den Besten, und die Besten müssen Schurken werden. Ich verstehe sehr gut die Worte des Psalmisten: Herr Gott, gib mir mein täglich Brot, dass ich Deinen Namen nicht lästre!

Brief an Moses Moser,
Lüneburg, 30. September 1823

Sie können es sich auch leicht erklären, warum ich Sie mit Nachrichten über meine äußere Lage, die, wie bei jedem, vom Ökonomischen bedingt ist, verschone [...]. Ob ich mich in Hamburg fixieren werde? Das wissen die Götter, die den Hunger erschaffen. Ich werde mich dort nicht niederlassen, ohne auf ein paar Jahre mit Brot proviantiert zu sein. Indessen von meiner Seite wird alles geschehen; getauft, als Dr. Juris, und hoffentlich auch gesund werde ich nächstens nach Hamburg kommen.

Brief an Moritz Embden,
Göttingen, 11. Mai 1825

Grüße mir Moritz recht herzlich, und wenn Du sicher bist, dass er keine Plaudertasche ist, so sage ihm, ich sei jetzt nicht nur Dr. Juris, sondern auch ... Es hat gestern geregnet, so wie auch vor 6 Wochen.

Brief an Charlotte Embden,
Göttingen, 31. Juli 1825

Ich versichere Dich, wenn die Gesetze das Stehlen silberner Löffel erlaubt hätten, so würde ich mich nicht getauft haben. – Mündlich mehr hiervon.

Vorigen Sonnabend war ich im Tempel und habe die Freude gehabt, eigenohrig anzuhören, wie Dr. Salomon gegen die getauften Juden loszog und besonders stichelte, »wie sie von der bloßen Hoffnung eine Stelle (ipsissima verba) zu bekommen, sich verlocken lassen, dem Glauben ihrer Väter untreu zu werden.«

Ich versichere Dir, die Predigt war gut, und ich beabsichtige, den Mann diese Tage zu besuchen. – Cohn zeigt sich groß gegen mich. Ich esse bei ihm am Schabbes, er sammelt glühende Kuggel auf mein Haupt, und mit Zerknirschung esse ich dieses heilige Nationalgericht […]. Ich werde jetzt ein rechter Christ; ich schmarotze nämlich bei den reichen Juden.

Brief an Moses Moser,
Hamburg, 14./19. Dezember 1825

Ich bin jetzt bei Christ und Jude verhasst. Ich bereue sehr, dass ich mich getauft hab; ich seh noch gar nicht ein, dass es mir seitdem besser gegangen sei, im Gegenteil, ich habe seitdem nichts als Unglück – Doch still hiervon, Du bist zu sehr aufgeklärt, um nicht hierüber zu lächeln.

Brief an Moses Moser,
Hamburg, 9. Januar 1826

Es ist […] bestimmt, dass es mich sehnlichst drängt, dem deutschen Vaterlande Valet zu sagen. Minder die Lust des Wanderns als die Qual persönlicher Verhältnisse (z.B. der nie abzuwaschende Jude) treibt mich von hinnen. […]

Jetzt schwimme ich wieder auf der Nordsee. Das Salzwasserelement sagt mir zu, es wird mir wohl und leicht zu Mut, wenn mein Kahn von den Wellen wie ein Ball hin und her geworfen wird, das Ersaufen ist mir ein tröstender Gedanke, der einzige Trost, den mir der grausame Priester von Heliopolis gelassen hat – indem er dem Wasser keine Balken untergelegt. Wie tief begründet ist doch der Mythos des ewigen Juden! Im stillen Waldtal erzählt die Mutter ihren Kindern das schaurige Märchen, die Kleinen drücken sich ängstlicher an den Herd, draußen ist Nacht – das Posthorn tönt – Schacherjuden fahren nach Leipzig zur Messe –. Wir, die wir die Helden des Märchens sind, wir wissen es selbst nicht. Den weißen Bart, dessen Saum die Zeit wieder verjüngend geschwärzt hat, kann kein Barbier abrasieren.

Brief an Moses Moser,
Norderney, 8. Juli 1826

Almansor

I.

In dem Dome zu Corduva
Stehen Säulen, dreizehnhundert,
Dreizehnhundert Riesensäulen
Tragen die gewalt'ge Kuppel.

Und auf Säulen, Kuppel, Wänden,
Ziehn von oben sich bis unten
Des Korans arab'sche Sprüche,
Klug und blumenhaft verschlungen.

Mohrenkön'ge bauten weiland
Dieses Haus zu Allahs Ruhme,
Doch hat vieles sich verwandelt
In der Zeiten dunkelm Strudel.

Auf dem Turme, wo der Türmer
Zum Gebete aufgerufen,
Tönet jetzt der Christenglocken
Melancholisches Gesumme.

Auf den Stufen, wo die Gläub'gen
Das Prophetenwort gesungen,
Zeigen jetzt die Glatzenpfäfflein
Ihrer Messe fades Wunder.

Und das ist ein Drehn und Winden
Vor den buntbemalten Puppen,
Und das blökt und dampft und klingelt,
Und die dummen Kerzen funkeln.

In dem Dome zu Corduva
Steht Almansor ben Abdullah,
All die Säulen still betrachtend,
Und die stillen Worte murmelnd:

»O, ihr Säulen, stark und riesig,
Einst geschmückt zu Allahs Ruhme,
Jetzo müsst ihr dienend huld'gen
Dem verhassten Christentume!

Ihr bequemt Euch in die Zeiten,
Und ihr tragt die Last geduldig; - -
Ei, da muss ja wohl der Schwäch're
Noch viel leichter sich beruh'gen.«

Und sein Haupt, mit heiterm Antlitz,
Beugt Almansor ben Abdullah
Über den gezierten Taufstein,
In dem Dome zu Corduva.

II.

Hastig schritt er aus dem Dome,
Jagte fort auf wildem Rappen,
Dass im Wind die feuchten Locken
Und des Hutes Federn wallen.

Auf dem Weg' nach Alkolea,
Dem Guadalquivir entlange,
Wo die weißen Mandeln blühen,
Und die duft'gen Gold-Orangen;

Dorten jagt der lust'ge Ritter,
Pfeift und singt, und lacht behaglich,
Und es stimmen ein die Vögel,
Und des Stromes laute Wasser.

In dem Schloss zu Alkolea
Wohnet Clara de Alvares,
In Navarra kämpft ihr Vater
Und sie freut sich mindern Zwanges.

Und Almansor hört schon ferne
Pauken und Trommeten schallen,
Und er sieht des Schlosses Lichter
Blitzen durch der Bäume Schatten.

In dem Schloss zu Alkolea
Tanzen zwölf geschmückte Damen,
Tanzen zwölf geschmückte Ritter,
Doch am schönsten tanzt Almansor.

Wie beschwingt von muntrer Laune
Flattert er herum im Saale,
Und er weiß den Damen allen
Süße Schmeichelein zu sagen.

Isabellens schöne Hände
Küsst er rasch, und springt von dannen;
Und er setzt sich vor Elviren
Und er schaut ihr froh in's Antlitz.

Lachend fragt er Leonoren:
Ob er heute ihr gefalle?
Und er zeigt die goldnen Kreuze
Eingestickt in seinen Mantel.

Er versichert jeder Dame:
Dass er sie im Herzen trage;
Und »so wahr ich Christ bin« schwört er
Dreißig Mal an jenem Abend.

III.

In dem Schloss zu Alkolea
Ist verschollen Lust und Klingen,
Herr'n und Damen sind verschwunden,
Und erloschen sind die Lichter.

Donna Clara und Almansor
Sind allein im Saal geblieben;
Einsam streut die letzte Lampe
Über beide ihren Schimmer.

Auf dem Sessel sitzt die Dame,
Auf dem Schemel sitzt der Ritter,
Und sein Haupt, das schlummermüde,
Ruht auf den geliebten Knien.

Rosenöl, aus gold'nem Fläschchen,
Gießt die Dame, sorgsam sinnend,
Auf Almansors braune Locken –
Und er seufzt aus Herzenstiefe.

Süßen Kuss, mit sanftem Munde,
Drückt die Dame, sorgsam sinnend,
Auf Almansors braune Locken –
Und es wölkt sich seine Stirne.

Tränenflut, aus lichten Augen,
Weint die Dame, sorgsam sinnend,
Auf Almansors braune Locken –
Und es zuckt um seine Lippen.

Und er träumt: er stehe wieder,
Tief das Haupt gebeugt und triefend,
In dem Dome zu Corduva,
Und er hört' viel dunkle Stimmen.

All die hohen Riesensäulen
Hört er murmeln unmutgrimmig,
Länger wollen sie's nicht tragen,
Und sie wanken und sie zittern; –

Und sie brechen wild zusammen,
Es erbleichen Volk und Priester,
Krachend stürzt herab die Kuppel,
Und die Christengötter wimmern.

»Buch der Lieder« (1827)

Berliner Bekehrungen*

Sind die Berliner denn Christen?, rief Signora voller Verwunderung.

Es hat eine eigne Bewandtnis mit ihrem Christentum. Dieses fehlt ihnen im Grunde ganz und gar, und sie sind auch viel zu vernünftig, um es ernstlich auszuüben. Aber da sie wissen, dass das Christentum im Staate nötig ist, damit die Untertanen hübsch demütig gehorchen und auch außerdem nicht zu viel gestohlen und gemordet wird, so suchen sie mit großer Beredsamkeit wenigstens ihre Nebenmenschen zum Christentume zu bekehren, sie suchen gleichsam Remplaçants in einer Religion, deren Aufrechthaltung sie wünschen und deren strenge Ausübung ihnen selbst zu mühsam wird. In dieser Verlegenheit benutzen sie den Diensteifer der armen Juden, diese müssen jetzt für sie Christen werden, und da dieses Volk für Geld und gute Worte alles aus sich machen lässt, so haben sich die Juden schon so ins Christentum hineinexerziert, dass sie ordentlich schon über Unglauben schreien, auf Tod und Leben die Dreieinigkeit verfechten, in den Hundstagen sogar daran glauben, gegen die Rationalisten wüten, als Missionäre und Glaubensspione im

Lande herumschleichen und erbauliche Traktätchen verbreiten, in den Kirchen am besten die Augen verdrehen, die scheinheiligsten Gesichter schneiden und mit so viel hohem Beifalle frömmeln, dass sich schon hie und da der Gewerbsneid regt und die älteren Meister des Handwerks schon heimlich klagen: das Christentum sei jetzt ganz in den Händen der Juden.

»Die Stadt Lucca« (1831)

Heinrich

Auf dem Schlosshof zu Canossa
Steht der deutsche Kaiser Heinrich,
Barfuß und im Büßerhemde,
Und die Nacht ist kalt und regnigt.

Droben aus dem Fenster lugen
Zwo Gestalten, und der Mondschein
Überflimmert Gregors Kahlkopf
Und die Brüste der Mathildis.

Heinrich, mit den blassen Lippen,
Murmelt fromme Paternoster;
Doch im tiefen Kaiserherzen
Heimlich knirscht er, heimlich spricht er:

»Fern in meinen deutschen Landen
Heben sich die starken Berge,
Und im stillen Bergesschachte
Wächst das Eisen für die Streitaxt.

Fern in meinen deutschen Landen
Heben sich die Eichenwälder,
Und im Stamm der höchsten Eiche
Wächst der Holzstiel für die Streitaxt.

Du, mein liebes treues Deutschland,
Du wirst auch den Mann gebären,
Der die Schlange meiner Qualen
Niederschmettert mit der Streitaxt.«

»Neue Gedichte« (1844)

Wenn Götter träumen
Aphorismen und Notizen

Das Leben ist gar zu spaßhaft süß; und die Welt ist so lieblich verworren; sie ist der Traum eines weinberauschten Gottes, der sich aus der zechenden Götterversammlung *à la française* fortgeschlichen und auf einem einsamen Stern sich schlafen gelegt und selbst nicht weiß, dass er alles das auch erschafft, was er träumt – und die Traumgebilde gestalten sich oft buntscheckig toll, oft auch harmonisch vernünftig – die Ilias, Plato, die Schlacht bei Marathon, Moses, die medizäische Venus, der Straßburger Münster, die französische Revolution, Hegel, die Dampfschiffe u. s. w. sind einzelne gute Gedanken in diesem schaffenden Gottestraum – aber es wird nicht lange dauern, und der Gott erwacht und reibt sich die verschlafenen Augen und lächelt – und unsre Welt ist zerronnen in Nichts, ja, sie hat nie existiert.

»Ideen. Das Buch Le Grand« (1827)

[...] Religion [...] ist eine Mischform; Philosophie und Kunst ist in ihr verschmolzen; jene finden wir repräsentiert im Dogma, diese im Kultus versteckt [...].

Entwurfsmanuskript zu »Zur Geschichte der Religion und Philosophie in Deutschland« (1835)

In dunkeln Zeiten wurden die Völker durch die Religion geleitet, wie in stockfinstrer Nacht ein Blinder unser bester Wegweiser, er kennt dann Wege und Stege besser als ein Sehender – Es ist aber töricht, sobald es Tag ist, noch immer die alten Blinden als Wegweiser zu gebrauchen.

Notiz

[...] in den Ruinen der alten Tempel wohnen, nach der Meinung des Volkes, noch immer die altgriechischen Gottheiten, aber sie haben durch den Sieg Christi all ihre Macht verloren, sie sind arge Teufel, die sich am Tage, unter Eulen und Kröten, in den dunkeln Trümmern ihrer ehemaligen Herrlichkeit versteckt halten, des Nachts aber in liebreizender Gestalt emporsteigen, um irgendeinen arglosen Wandrer oder verwegenen Gesellen zu betören und zu verlocken.

»Elementargeister« (1836)

[...] jeder Glaube des Menschen, welcher sich auf göttliche Dinge bezieht und ihn zu edlen Handlungen und Selbstaufopferungen antreibt, ist eine Religion und muss als eine Religion geachtet werden. Es macht keinen wesentlichen Unterschied, dass der eine seinen Glauben durch eine fremde Offenbarung überliefert erhalten und auf Mirakeltrug in sich aufgenommen, statt dass der andere selber durch Wissenschaft sich seinen Glauben erworben und ihn sich vermittels vernünftiger Beweisführungen zugeeignet hat. Wenn St. Simon die Resultate aller Wissenschaften konstatiert und in einfachen Sätzen formuliert, so dass seine Schüler eine auf die höchsten Interessen der Menschheit bezügliche Doktrin daraus bilden konnten: so ist ein begeisterter Glaube an diese Doktrin ebenso gut Religion, als wenn die St. Simonisten vorgäben, der Erzengel Gabriel habe diese Wahrheiten ihrem Propheten offenbart und dieser habe Stein in Brot und Wasser in Wein verwandeln können.

Entwurfsmanuskript zu »Zur Geschichte der Religion und Philosophie in Deutschland« (1835)

[...] wir können keine politische Revolution machen, solange es bei uns eine Religion gibt, welche verlangt, dass man auch die linke Wange hinreicht, wenn die rechte beohrfeigt worden, dass man dem, der uns den Mantel nimmt, auch den Rock gebe, dass man dem Cäsar, der hohen Obrigkeit in allen weltlichen Dingen gehorchen müsse, und dass man überhaupt auf dieser Erde zum untertänigsten Dulden bestimmt sei.

Entwurfsmanuskript zu »Zur Geschichte der Religion und Philosophie in Deutschland« (1835)

Als ob die Freiheit nicht eben so gut eine Religion wäre als jede andere! Da es die unsrige ist, so könnten wir, mit demselben Maße messend, ihre Verächter für frivol und irreligiös erklären. [...] Wenn Christus auch nicht der Gott dieser Religion ist, so ist er doch ein hoher Priester derselben, und sein Name strahlt beseligend in die Herzen der Jünger. Die Franzosen sind aber das auserlesene Volk der neuen Religion, in ihrer Sprache sind die ersten Evangelien und Dogmen verzeichnet, Paris ist das neue Jerusalem, und der Rhein ist der Jordan, der das geweihte Land der Freiheit trennt von dem Lande der Philister.

»Englische Fragmente« (1827)

[…] welcher bedeutende Mensch ist nicht ein bisschen Scharlatan? Der Zweck heiligt die Mittel. Hat doch der liebe Gott selbst, als er auf dem Berg Sinai sein Gesetz promulgierte, nicht verschmäht, bei dieser Gelegenheit tüchtig zu blitzen und zu donnern, obgleich das Gesetz so vortrefflich, so göttlich gut war, dass es füglich aller Zutat von leuchtendem Kolophonium und donnernden Paukenschlägen entbehren konnte. Aber der Herr kannte sein Publikum, das mit seinen Ochsen und Schafen und aufgesperrten Mäulern unten am Berge stand und welchem ein physikalisches Kunststück mehr Bewunderung einflößen konnte als alle Mirakel des ewigen Gedankens.

»Memoiren«
(Fragment, ca. 1855)

Dass ich Christ ward, ist die Schuld jener Sachsen, die bei Leipzig plötzlich umsattelten, oder Napoleons, der doch nicht nötig hatte, nach Russland zu gehen, oder seines Lehrers, der ihm zu Brienne Unterricht in der Geographie gab und ihm nicht gesagt hat, dass es zu Moskau im Winter sehr kalt ist.

Notiz

[…] ich glaube, gäbe es keine Juden mehr und man wüsste, es befände sich noch irgendwo ein Exemplar von diesem Volk, man würde 100 Stunden reisen, um es zu sehen und ihm die Hände zu drücken – und jetzt weicht man uns aus.

Notiz

Tragische Geschichte, die Geschichte der neueren Juden, und schrieb man über dieses Tragische, so wird man noch ausgelacht – das ist das Allertragischste.

Notiz

Wie viel höher steht die Frau bei Moses als bei den andern Orientalen – noch auf heutigen Tag bei den Mahometanern – diese sagen bestimmt, dass die Frau nicht einmal ins Paradies kommt. Mahomet hat sie davon ausgeschlossen. Glaubte er etwa, dass das Paradies kein Paradies mehr sei, wenn jeder seine Frau dort wiederfände?

Notiz

Ich glaube, dieser Gott-reiner Geist, dieser Parvenü des Himmels, der jetzt so moralisch, so kosmopolitisch und universell gebildet ist, hegt ein geheimes Misswollen gegen die armen Juden, die ihn noch in seiner ersten rohen Gestalt gekannt haben und ihn täglich in ihren Synagogen an seine ehemaligen obskuren Nationalverhältnisse erinnern. Vielleicht will es der alte Herr gar nicht mehr wissen, dass er palästinischen Ursprungs und einst der Gott Abrahams, Isaaks und Jakobs gewesen und damals Jehova geheißen hat.

»Aus den Memoiren des Herren von Schnabelewopski« (1834)

Dadurch, dass der Mystiker sich in die Traumwelt seiner inneren Anschauung zurückzieht und in sich selbst die Quelle aller Erkenntnis annimmt: dadurch ist er der Obergewalt jeder äußeren Autorität entronnen, und die orthodoxesten Mystiker haben auf diese Art in der Tiefe ihrer Seele jene Urwahrheiten wieder gefunden, die mit den Vorschriften des positiven Glaubens im Widerspruch stehen, sie haben die Autorität der Kirche geleugnet und haben mit Leib und Leben ihre Meinung vertreten. Ein Mystiker aus der Sekte der Essäer war jener Rabbi, der in sich selbst die Offenbarung des Vaters erkannte und die Welt erlöste von der blinden Autorität steinerner Gesetze und schlauer Priester; ein Mystiker war jener deutsche Mönch, der in seinem einsamen Gemüte die Wahrheit ahnte, die längst aus der Kirche verschwunden war [...]. Die katholische Kirche hat jene Gefährlichkeit des Mystizismus immer tief gefühlt [...]. Es würde zu weit führen, wenn wir nachweisen wollten, wie auch im Oriente der Mystizismus den Autoritätsglauben sprengt, wie z. B. aus dem Sufismus in der neuesten Zeit Sekten entstanden, deren Religionsbegriffe von der erhabensten Art sind.

Rezension über »Die deutsche Literatur« von Wolfgang Menzel (1828)

Ärgert dich dein Auge, so reiß es aus, ärgert dich deine Hand, so hau sie ab, ärgert dich deine Zunge, so schneide sie ab, und ärgert dich deine Vernunft, so werde katholisch.

Brief an Karl August Varnhagen von Ense, Hamburg, 19. Oktober 1827

[...] was man auch den Zeloten des Katholizismus nachsagen mag, eins ist gewiss: sie sind keine Egoisten, sie bekümmern sich um ihre Nebenmenschen; leider oft ein bisschen zu viel.

»Geständnisse« (1854)

[...] der Teufel, der Adel und die Jesuiten existieren nur so lange, als man an sie glaubt.

»Reise von München nach Genua« (1830)

[...] die Religion, wenn sie uns nicht mehr verbrennen kann, kommt sie bei uns betteln. [...] Von dem Augenblick an, wo eine Religion bei der Philosophie Hilfe begehrt, ist ihr Untergang unabwendlich. Sie sucht sich zu verteidigen und schwatzt sich immer tiefer ins Verderben hinein. Die Religion, wie jeder Absolutismus, darf sich nicht justifizieren.

»Zur Geschichte der Religion und Philosophie in Deutschland« (1835)

Ich hörte einst in Köln, wie ein kleiner Bube seine Mutter frug: warum man die halben Dome nicht fertig baue? Es war ein schöner Bube, und ich küsste ihm die klugen Augen, und da die Mutter ihm keine rechte Antwort geben konnte, so sagte ich ihm: dass jetzt die Menschen ganz etwas anderes zu tun hätten.

»Reise von München nach Genua« (1830)

Man hat mir vorgeworfen: ich hätte keine Religion. Nein, ich hab sie alle [...].

Entwurfsnotiz zu »Ideen. Das Buch Le Grand« (1827)

Gäbe es Atheismus, so gehörte er nicht in die Philosophie, sondern in die Pathologie.

Entwurfsmanuskript zu »Zur Geschichte der Religion und Philosophie in Deutschland« (1835)

Gibt's irgendwo 'nen Glauben zu verschachern, so sind zuerst die Pfaffen bei der Hand.

»Almansor. Eine Tragödie« (1823)

Der neue Himmel lockt viel alte Sünder.

»Almansor. Eine Tragödie« (1823)

Der Taufzettel ist das Entreebillet zur europäischen Kultur.

Notiz (ca. 1830)

Ich werde angefeindet und verleumdet zugleich von Christen und Juden; Letztere sind gegen mich erbost, dass ich nicht das Schwert ziehe für ihre Emanzipation in Baden, Nassau oder sonstigen Krähwinkelstaaten. O der Kurzsichtigkeit! Nur vor den Toren Roms kann man Karthago verteidigen.

Brief an Moses Moser,
Avignon, 8. November 1836

Mendelssohn [...] war der Reformator der deutschen Israeliten [...].Wie Luther das Papsttum, so stürzte Mendelssohn den Talmud und zwar in derselben Weise, indem er nämlich die Tradition verwarf, die Bibel für die Quelle der Religion erklärte und den wichtigsten Teil derselben übersetzte. Er zerstörte hierdurch den jüdischen wie Luther den christlichen Katholizismus. In der Tat, der Talmud ist der Katholizismus der Juden. Er ist ein gotischer Dom, der zwar mit kindischen Schnörkeleien überladen, aber doch durch seine himmelkühne Riesenhaftigkeit uns in Erstaunen setzt.

»Zur Geschichte der Religion und Philosophie in Deutschland« (1835)

Ich sage, Lessing hat den Luther fortgesetzt. Nachdem Luther uns von der Tradition befreit und die Bibel zur alleinigen Quelle des Christentums erhoben hatte, da entstand [...] ein starrer Wortdienst, und der Buchstabe der Bibel herrschte ebenso tyrannisch wie einst die Tradition. Zur Befreiung von diesem tyrannischen Buchstaben hat nun Lessing am meisten beigetragen.

»Zur Geschichte der Religion und Philosophie in Deutschland« (1835)

Ungläubige, die keinen Himmel glauben, sollten nicht Proselyten machen; minder tadelnswert, sogar lobenswert ist die Proselytenmacherei derjenigen Leute, die einen süperben Himmel haben und dessen Herrlichkeiten nicht selbstsüchtig allein genießen wollen und deshalb ihre Nebenmenschen einladen, dran Teil zu nehmen [...]. Zu welchen Genüssen aber kann der Ungläubige jemanden einladen?

»Die Stadt Lucca« (1831)

Der liebe Gott hat heute viel Besuche, sagte ich vorigen Sonntag zu einem Freunde, als ich den Zudrang nach den Kirchen bemerkte. Es sind Abschiedsvisiten – erwiderte der Ungläubige.

»Lutetia« (1854)

Unter den Heiligenbildern, welche von der Mühe zeugen, die sich die Franzosen geben, recht religiös zu tun, bemerkte ich eine Samaritanerin am Brunnen. Obgleich der Heiland dem feindseligen Stamme der Juden angehört, übt sie dennoch an ihm Barmherzigkeit. Sie bietet dem Durstigen ihren Wasserkrug, und während er trinkt, betrachtet sie ihn mit einem sonderbaren Seitenblick, der ungemein pfiffig und mich an die gescheite Antwort erinnerte, welche einst eine kluge Tochter Schwabens dem Herrn Superintendenten gab, als dieser die Schuljugend im Religionsunterricht examinierte. Er frug nämlich, woran das Weib aus Samaria erkannt hatte, dass Jesus ein Jude war? An der Beschneidung – antwortete keck die kleine Schwäbin.

»Lutetia« (1854)

Wir haben jetzt fanatische Mönche des Atheismus, Großinquisitoren des Unglaubens, die den Herrn von Voltaire verbrennen lassen würden, weil er doch im Herzen ein verstockter Deist gewesen.

»Geständnisse« (1854)

Für Menschen, denen die Erde nichts mehr bietet, ward der Himmel erfunden ... Heil dieser Erfindung! Heil einer Religion, die dem leidenden Menschengeschlecht in den bitteren Kelch einige süße, einschläfernde Tropfen goss, geistiges Opium, einige Tropfen Liebe, Hoffnung und Glauben!

»Ludwig Börne. Eine Denkschrift« (1840)

»Ein Kamel wird eher durch ein Nadelöhr gehen, als dass ein Reicher ins Himmelreich käme« – dieses Wort des göttlichen Kommunisten ist ein furchtbares Anathema und zeugt von seinem bitteren Hass gegen die Börse und *haute finance* von Jerusalem. [...] Ehe diese große Kamelfrage gelöst ist und die Reichen eine Aussicht gewinnen, ins Himmelreich zu kommen, wird auch für die Armen kein durchgreifendes Heil begründet.

»Lutetia« (1854)

Es gibt wahrhaftig keinen Sozialisten, der terroristischer wäre als unser Herr und Heiland, und bereits Moses war ein solcher Sozialist [...]. Moses wollte nicht das Eigentum abschaffen, er wollte vielmehr, dass jeder dessen besäße, damit niemand durch Armut ein Knecht mit knechtischer Gesinnung sei. Freiheit war immer des großen Emanzipators letzter Gedanke, und dieser atmet und flammt in allen seinen Gesetzen [...].

»Geständnisse« (1854)

Der Deutsche merkt wohl das Bündnis der Klerisei mit der Aristokratie, aber wenn er auch wünscht, dass man die Wechsler und Taubenkrämer aus dem Tempel hinauspeitsche, so wird er doch verdammt ungehalten, wenn er sieht, dass man bei dieser Gelegenheit hie und da ein Heiligenbildchen verletzt [...].

Brief an Carl Herloßsohn,
Hamburg, 16. November 1830

Besteht nun die heutige Religion in der Geldwerdung Gottes oder in der Gottwerdung des Geldes? Genug, die Leute glauben nur an Geld; nur dem gemünzten Metall, den silbernen und goldenen Hostien, schreiben sie eine Wunderkraft zu; das Geld ist der Anfang und das Ende aller ihrer Werke; und wenn sie ein Gebäude zu errichten haben, so tragen sie große Sorge, dass unter den Grundstein einige Geldstücke, eine Kapsel mit allerlei Münzen gelegt werden.

»Die romantische Schule« (1836)

Über die Zeitereignisse sage ich nichts; das ist Universalanarchie, Weltkuddelmuddel, sichtbar gewordener Gotteswahnsinn! Der Alte muss eingesperrt werden, wenn das so fort geht. – Das haben die Atheisten verschuldet, die ihn toll geärgert.

Brief an Julius Campe,
Paris, 9. Juli 1848

Glaubenszweifel, Gottesfragen

Lass die heil'gen Parabolen,
Lass die frommen Hypothesen –
Suche die verdammten Fragen
Ohne Umschweif uns zu lösen.

Warum schleppt sich blutend, elend,
Unter Kreuzlast der Gerechte,
Während glücklich als ein Sieger
Trabt auf hohem Ross der Schlechte?

Woran liegt die Schuld? Ist etwa
Unser Herr nicht ganz allmächtig?
Oder treibt er selbst den Unfug?
Ach, das wäre niederträchtig.

Also fragen wir beständig,
Bis man uns mit einer Handvoll
Erde endlich stopft die Mäuler –
Aber ist das eine Antwort?

»Gedichte. 1853 und 1854« (1854)

Das Hohelied der Skepsis*

[...] warum muss der Gerechte so viel leiden auf Erden? Warum muss Talent und Ehrlichkeit zu Grunde gehen, während der schwadronierende Hanswurst [...] sich räkelt auf den Pfühlen des Glücks und fast stinkt vor Wohlbehagen? Das Buch Hiob löst nicht diese böse Frage. Im Gegenteil, dieses Buch ist das Hohelied der Skepsis, und es zischen und pfeifen darin die entsetzlichen Schlangen ihr ewiges: Warum? Wie kommt es, dass bei der Rückkehr aus Babylon die fromme Tempelarchiv-Kommission, deren Präsident Esra war, jenes Buch in den Kanon der heiligen Schriften aufgenommen? Ich habe mir oft diese Frage gestellt. Nach meinem Vermuten taten solches jene gotterleuchteten Männer nicht aus Unverstand, sondern wie sie in ihrer hohen Weisheit wohl wussten, dass der Zweifel in der menschlichen Natur tief begründet und berechtigt ist und dass man ihn also nicht täppisch ganz unterdrücken, sondern nur heilen muss. Sie verfuhren bei dieser Kur ganz homöopathisch, durch das Gleiche auf das Gleiche wirkend, aber sie gaben keine homöopathisch kleine Dosis, sie steigerten vielmehr dieselbe aufs ungeheuerste, und eine solche überstarke Dosis von Zweifel ist das Buch Hiob; dieses Gift durfte nicht fehlen in der Bibel, in der großen Haus-Apotheke der Menschheit. Ja, wie der Mensch, wenn er leidet, sich ausweinen muss, so muss er sich auch auszweifeln, wenn er sich grausam gekränkt fühlt in seinen Ansprüchen auf Lebensglück; und wie durch das heftigste Weinen, so entsteht auch durch den höchsten Grad des Zweifels, den die Deutschen so richtig die Verzweiflung nennen, die Krisis der moralischen Heilung. – Aber wohl demjenigen, der gesund ist und keiner Medizin bedarf!

»Ludwig Marcus. Denkworte. Spätere Note« (1854)

Adam der Erste

Du schicktest mit dem Flammenschwert
Den himmlischen Gendarmen,
Und jagtest mich aus dem Paradies,
Ganz ohne Recht und Erbarmen!

Ich ziehe fort mit meiner Frau
Nach and'ren Erdenländern;
Doch dass ich genossen des Wissens Frucht,
Das kannst du nicht mehr ändern.

Du kannst nicht ändern, dass ich weiß,
Wie sehr du klein und nichtig,
Und machst du dich auch noch so sehr
Durch Tod und Donnern wichtig.

O Gott! Wie erbärmlich ist doch dies
Consilium-abeundi!
Das nenne ich einen Magnifikus
Der Welt, ein Lumen-Mundi!

Vermissen werde ich nimmermehr
Die paradiesischen Räume;
Das war kein wahres Paradies –
Es gab dort verbotene Bäume.

Ich will mein volles Freiheitsrecht!
Find' ich die g'ringste Beschränknis,
Verwandelt sich mir das Paradies
In Hölle und Gefängnis.

»Neue Gedichte« (1844)

Beine hat uns zwei gegeben
Gott der Herr, um fortzustreben,
Wollte nicht dass an der Scholle
Unsre Menschheit kleben solle.
Um ein Stillstandsknecht zu sein
Gnügte uns ein einzges Bein.

Augen gab uns Gott ein Paar
Dass wir schauen rein und klar;
Um zu glauben, was wir lesen,
Wär e i n Auge g'nug gewesen.
Gott gab uns die Augen beide,
Dass wir schauen und begaffen
Wie er hübsch die Welt erschaffen
Zu des Menschen Augenweide.
Doch beim Gaffen in den Gassen
Sollen wir die Augen brauchen
Und uns dort nicht treten lassen
Auf die armen Hühneraugen,
Die uns ganz besonders plagen
Wenn wir enge Stiefel tragen.

Gott versah uns mit zwei Händen,
Dass wir doppelt Gutes spenden
Nicht um doppelt zuzugreifen
Und die Beute aufzuhäufen
In den großen Eisentruhn,
Wie gewisse Leute tun –
Ihren Namen auszusprechen
Dürfen wir uns nicht erfrechen, –
Hängen würden wir sie gern
Doch sie sind so große Herrn.
Philanthropen, Ehrenmänner,
Manche sind auch unsre Gönner,
Und man macht aus deutschen Eichen
Keine Galgen für die Reichen.

Gott gab uns nur e i n e Nase,
Weil wir zwei in einem Glase
Nicht hineinzubringen wüssten
Und den Wein verschlappern müssten.

Gott gab uns nur e i n e n Mund,
Weil zwei Mäuler ungesund.
Mit dem einen Maule schon
Schwätzt zu viel der Erdensohn.
Wenn er doppeltmäulig wär
Fräß' und lög' er auch noch mehr.
Hat er jetzt das Maul voll Brei
Muss er schweigen unterdessen,
Hätt' er aber Mäuler zwei
Löge er sogar beim Fressen.

Mit zwei Ohren hat versehn
Uns der Herr. Vorzüglich schön
Ist dabei die Symmetrie.
Sind nicht ganz so lang wie die,
So er unsern grauen, braven
Kameraden anerschaffen.
Ohren gab uns Gott die beiden
Um von Mozart, Gluck und Haydn
Meisterstücke anzuhören –
Gäb es nur Tonkunst-Kolik
Und Hämorrhoidal-Musik
Von dem großen Meyerbeer,
Schon e i n Ohr hinlänglich wär'.

Als zur blonden Teutolinde
Ich in solcher Weise sprach,
Seufzte sie und sagte: ach!
Grübeln über Gottes Gründe,
Kritisieren unsern Schöpfer,
Ach! das ist als ob der Topf
Klüger sei wollt als der Töpfer!
Doch der Mensch fragt stets: warum?
Wenn er sieht, dass etwas dumm –
Freund, ich hab dir zugehört,
Und du hast mir gut erklärt,
Wie zum weisesten Behuf
Gott dem Menschen zwiefach schuf
Augen, Ohren, Arm' und Bein'
Während er ihm gab nur ein
Exemplar von Nas' und Mund –
Doch nun sage mir den Grund:

Gott, der Schöpfer der Natur,
Warum schuf er einfach nur
Das skabrose Requisit,
Das der Mann gebraucht, damit
Er fortpflanze seine Rasse
Und zugleich sein Wasser lasse
Teurer Freund, ein Duplikat
Wäre wahrlich hier von Nöten,
Um Funktionen zu vertreten
Die so wichtig für den Staat
Wie fürs Individuum,
Kurz fürs ganze Publikum –
Zwei Funktionen die so gräulich
Und so schimpflich und abscheulich
Miteinander kontrastieren,
Und die Menschheit sehr blamieren.
Eine Jungfrau von Gemüt
Muss sich schämen wenn sie sieht
Wie ihr höchstes Ideal
Wird entweiht so trivial!
Wie der Hochaltar der Minne
Wird zur ganz gemeinen Rinne!
Psyche schaudert denn der kleine
Gott Amur der Finsternis
Er verwandelt sich beim Scheine
Ihrer Lamp' – in Mankepiss.

Also Teutolinde sprach
Und ich sagte ihr: gemach!
Unklug wie die Weiber sind,
Du verstehst nicht, liebes Kind,

Gottes Nützlichkeitssystem.
Sein Ökonomie-Problem
Ist, dass wechselnd die Maschinen
Jeglichem Bedürfnis dienen,
Den profanen wie dem heilgen,
Den Pikanten wie langweilgen –
Alles wird simplifiziert,
Klug ist alles kombiniert:
Was dem Menschen dient zum Seichen,
Damit schafft er Seinesgleichen
Auf demselben Dudelsack
Spielt dasselbe Lumpenpack.
Feine Pfote, derbe Patsche
Fiedelt auf derselben Bratsche.
Durch dieselben Dämpfe, Räder
Springt und singt und gähnt ein jeder
Und derselbe Omnibus
Fährt uns nach dem Tartarus.

Lyrischer Nachlass (ca. 1855)

Die Söhne des Glückes beneide ich nicht
Ob ihrem Leben, beneiden
Will ich sie nur ob ihrem Tod,
Dem schmerzlos raschen Verscheiden.

Im Prachtgewand, das Haupt bekränzt
Und Lachen auf der Lippe
Sitzen sie froh beim Lebensbankett –
Da trifft sie jählings die Hippe.

Im Festkleid und mit Rosen geschmückt,
Die noch wie lebend blühten
Gelangen in das Schattenreich
Fortunas Favoriten.

Nie hatte Siechtum sie entstellt,
Sind Tote von guter Miene
Und huldreich empfängt sie an ihrem Hof
Zarewna Proserpine.

Wie sehr muss ich beneiden ihr Los!
Schon sieben Jahr mit herben
Qualvollen Gebresten wälz' ich mich
Am Boden und kann nicht sterben!

O Gott, verkürze meine Qual
Damit man mich bald begrabe;
Du weißt ja, dass ich kein Talent
Zum Martyrtume habe.

Ob deiner Inkonsequenz, O Herr,
Erlaube dass ich staune:
Du schufest den fröhlichsten Dichter und raubst
Ihm jetzt seine gute Laune

Der Schmerz verdumpft den heitern Sinn
Und macht mich melancholisch;
Nimmt nicht der traurige Spaß ein End,
So werd' ich am Ende katholisch.

Ich heule dir dann die Ohren voll
Wie andre gute Christen –
O Miserere! Verloren geht
Der beste der Humoristen!

Lyrischer Nachlass (ca. 1855)

Bekenntnisse

Der Gott meiner Wahl*

Christus [...] ist der Gott, den ich am meisten liebe – nicht weil er so ein legitimer Gott ist, dessen Vater schon Gott war und seit undenklicher Zeit die Welt beherrschte: sondern weil er, obgleich ein geborener Dauphin des Himmels, dennoch, demokratisch gesinnt, keinen höfischen Zeremonialprunk liebt, weil er kein Gott einer Aristokratie von geschorenen Schriftgelehrten und galonierten Lanzenknechten, und weil er ein bescheidener Gott des Volks ist, ein Bürger-Gott, *un bon dieu citoyen.* Wahrlich, wenn Christus noch kein Gott wäre, so würde ich ihn dazu wählen, und viel lieber als einem aufgezwungenen absoluten Gotte würde ich ihm gehorchen, ihm, dem Wahlgotte, dem Gotte meiner Wahl.

»Die Stadt Lucca« (1831)

Ich gehöre nicht zu den Atheisten*

Junker und Pfaffen, die, in der letzten Zeit mehr als je, die Macht meines Wortes gefürchtet, und mich deshalb zu depopularisieren gesucht, mögen [...] mich, mit einigem Schein, des Materialismus oder gar des Atheismus [...] beschuldigen; sie mögen mich immerhin zum Juden machen oder zum Saint-Simonisten; sie mögen mit allen möglichen

Verketzerungen mich bei ihrem Pöbel anklagen: – keine feigen Rücksichten sollen mich jedoch verleiten, meine Ansicht von den göttlichen Dingen mit den gebräuchlichen, zweideutigen Worten zu verschleiern. Auch die Freunde mögen mir immerhin darob zürnen, dass ich meine Gedanken nicht gehörig verstecke, dass ich die delikatesten Gegenstände schonungslos enthülle, dass ich ein Ärgernis gebe: – weder die Böswilligkeit meiner Feinde, noch die pfiffige Torheit meiner Freunde, soll mich davon abhalten, über die wichtigste Frage der Menschheit, über das Wesen Gottes, unumwunden und offen, mein Bekenntnis auszusprechen.

Ich gehöre nicht zu den Materialisten, die den Geist verkörpern; ich gebe vielmehr den Körpern ihren Geist zurück, ich durchgeistige sie wieder, ich heilige sie.

Ich gehöre nicht zu den Atheisten, die da verneinen; ich bejahe. [...]

Anfang und Ende aller Dinge ist in Gott.

Vorrede zu »Zur Geschichte der neueren schönen Literatur in Deutschland«, 1. Teil (1833)

Geistige Februarrevolution*

Was man von meiner jetzigen Gläubigkeit und Frömmelei herum erzählt, ist mit vielem Unsinn und noch mehr Böswilligkeit vermischt. Es hat sich in meiner religiösen Gefühlsweise gar keine so große Veränderung zugetragen, und das einzige innere Ereignis, wovon ich Dir mit Bestimmtheit und mit Selbstbewusstsein etwas melden kann, besteht darin, dass auch in meinen religiösen Ansichten und Gedanken eine Februarrevolution eingetreten ist, wo ich an der Stelle eines früheren Prinzips, das mich doch früherhin ziemlich indifferent ließ, ein neues Prinzip aufstellte, dem ich ebenfalls nicht allzu fanatisch anhänge und wodurch mein Gemütszustand nicht plötzlich umgewandelt werden konnte: Ich habe nämlich, um Dir die Sache mit einem Worte zu verdeutlichen, den Hegelschen Gott oder vielmehr die Hegelsche Gottlosigkeit aufgegeben und an dessen Stelle das Dogma von einem wirklichen, persönlichen Gotte, der außerhalb der Natur und des Menschen Gemütes ist, wieder hervorgezogen. [...] Hegel ist bei mir sehr heruntergekommen und der alte Moses steht in Floribus. [...]

Kennst Du jenes schauerliche, peinigende Gefühl, welches ich die Verzweiflung des Leibes nennen möchte? Daran laboriere ich eben heute. Gottlob, dass ich jetzt wieder einen Gott habe, da kann ich mir doch im Übermaße des Schmerzes einige fluchende Gotteslästerungen erlauben; dem Atheisten ist eine solche Labung nicht vergönnt.

Briefe an Heinrich Laube,
Paris, 25. Januar und 7. Februar 1850

Himmlisches Heimweh*

Ja, wie mit der Kreatur, habe ich auch mit dem Schöpfer Frieden gemacht, zum größten Ärgernis meiner aufgeklärten Freunde, die mir Vorwürfe machten über dieses Zurückfallen in den alten Aberglauben, wie sie meine Heimkehr zu Gott zu nennen beliebten. Andere, in ihrer Intoleranz, äußerten sich noch herber. Der gesamte hohe Klerus des Atheismus hat sein Anathema über mich ausgesprochen, und es gibt fanatische Pfaffen des Unglaubens, die mich gerne auf die Folter spannten, damit ich meine Ketzereien bekenne. Zum Glück stehen ihnen keine anderen Folterinstrumente zu Gebote als ihre Schriften. Aber ich will auch ohne Tortur alles bekennen. Ja, ich bin zurückgekehrt zu Gott, wie der verlorene Sohn, nachdem ich lange Zeit bei den Hegelianern die Schweine gehütet. War es die Misère, die mich zurücktrieb? Vielleicht ein minder miserabler Grund. Das himmlische Heimweh überfiel mich und trieb mich fort durch Wälder und Schluchten, über die schwindeligsten Bergpfade der Dialektik. Auf meinem Wege fand ich den Gott der Pantheisten, aber ich konnte ihn nicht gebrauchen. Dies arme träumerische Wesen ist mit der Welt verwebt und verwachsen, gleichsam in ihr eingekerkert, und gähnt dich an, willenlos und ohnmächtig. Um einen Willen zu haben, muss man eine Person sein, und um ihn zu manifestieren, muss man die Ellbogen frei haben. Wenn man nun einen Gott begehrt, der zu helfen vermag – und das ist doch die Hauptsache –, so muss man auch seine Persönlichkeit, seine Außerweltlichkeit und seine heiligen Attribute, die Allgüte, die Allweisheit, die Allgerechtigkeit u. s. w. annehmen. Die Unsterblichkeit der Seele, unsere Fortdauer nach dem Tode, wird uns alsdann gleichsam mit in den Kauf gegeben, wie der schöne Markknochen, den der Fleischer, wenn er mit seinen Kunden zufrieden ist, ihnen unentgeltlich in den Korb schiebt. Ein solcher schöner Markknochen wird in der französischen Küchensprache *la réjouissance* genannt, und man kocht damit ganz vorzügliche Kraftbrühen, die für einen armen schmachtenden Kranken sehr stärkend und labend sind. Dass ich eine solche *réjouissance* nicht ablehnte und sie mir vielmehr mit Behagen zu Gemüte führte, wird jeder fühlende Mensch billigen.

[...] ich verharrte bei denselben demokratischen Prinzipien, denen meine früheste Jugend huldigte und für die ich seitdem immer flammender erglühte. In der Theologie hingegen muss ich mich des Rückschreitens beschuldigen, indem ich, was ich bereits oben gestanden, zu dem alten Aberglauben, zu einem persönlichen Gotte, zurückkehrte. Das lässt sich nun einmal nicht vertuschen, wie es mancher aufgeklärte und wohlmeinende Freund versuchte. Ausdrücklich widersprechen muss ich jedoch dem Gerüchte, als hätten mich meine Rückschritte bis zur Schwelle irgendeiner Kirche oder gar in ihren Schoß geführt. Nein, meine religiösen Überzeugungen und Ansichten sind frei geblieben von jeder Kirchlichkeit; kein Glockenklang hat mich verlockt, keine Altarkerze hat mich geblendet. Ich habe mit keiner Symbolik gespielt und meiner Vernunft nicht ganz entsagt. Ich habe nichts abgeschworen, nicht einmal meinen alten Heidengöttern, von denen ich mich zwar abgewendet, aber scheidend in Liebe und Freundschaft. Es war im Mai 1848, an dem Tage, wo ich zum letzten Male ausging, als ich Abschied nahm von den holden Idolen, die ich angebetet in den Zeiten meines Glücks. Nur mit Mühe schleppte ich mich bis zum Louvre, und ich brach fast zusammen, als ich in den erhabenen Saal trat, wo die hochgebenedeite Göttin der Schönheit, Unsere liebe Frau von Milo, auf ihrem Postamente steht. Zu ihren Füßen lag ich lange, und ich weinte so heftig, dass sich dessen ein Stein erbarmen musste. Auch schaute die Göttin mitleidig auf mich herab, doch zugleich so trostlos als wollte sie sagen: siehst du denn nicht, dass ich keine Arme habe und also nicht helfen kann?

Nachwort zum »Romanzero« (1851)

Meine Erleuchtung*

Es haben sich […] meine Ansichten über manche Dinge, besonders über göttliche Dinge, bedenklich geändert, und manches, was ich behauptete, widerspricht jetzt meiner besseren Überzeugung. […] Der Deismus lebt, lebt sein lebendigstes Leben, er ist nicht tot, und am allerwenigsten hat ihn die neueste deutsche Philosophie getötet. Diese spinnwebige Berliner Dialektik kann keinen Hund aus dem Ofenloch locken, sie kann keine Katze töten, wie viel weniger einen Gott. […] ich war damals noch gesund und feist, ich stand im Zenit meines Fettes und war so übermütig wie der König Nebukadnezar vor seinem Sturze.

Ach! Einige Jahre später ist eine leibliche und geistige Veränderung eingetreten. Wie oft seitdem denke ich an die Geschichte dieses babylonischen Königs, der sich selbst für den lieben Gott hielt, aber von der Höhe seines Dünkels erbärmlich herabstürzte, wie ein Tier am Boden kroch und Gras aß – (es wird wohl Salat gewesen sein). In dem prachtvoll grandiosen Buch Daniel steht diese Legende, die ich nicht bloß dem guten Ruge, sondern auch meinem noch viel verstockteren Freunde Marx, ja auch den Herren Feuerbach, Daumer, Bruno Bauer, Hengstenberg und wie sie sonst heißen mögen, diese gottlosen Selbstgötter, zur erbaulichen Beherzigung empfehle. […]

Ich habe mich bereits in meinem jüngsten Buche, im »Romanzero«, über die Umwandlung ausgesprochen, welche in Bezug auf göttliche Dinge in meinem Geiste stattgefunden. Es sind seitdem mit christlicher Zudringlichkeit sehr viele Anfragen an mich ergangen, auf welchem Wege die bessere Erleuchtung über mich gekommen. Fromme Seelen scheinen darnach zu lechzen, dass ich ihnen irgendein Mirakel aufbinde, und sie möchten gerne wissen, ob ich nicht wie Saulus ein Licht erblickte auf dem Wege nach Damaskus oder ob ich nicht wie Barlam, der Sohn Boers, einen stätigen Esel geritten, der plötzlich den Mund auftat und zu sprechen begann wie ein Mensch. Nein, ihr gläubigen Gemüter, ich reiste niemals nach Damaskus, ich weiß nichts von Damaskus, als dass jüngst die dortigen Juden beschuldigt worden, sie fräßen alte Kapuziner, und der Name der Stadt wäre mir vielleicht ganz unbekannt, hätte ich nicht das Hohelied gelesen, wo der König Salomo die Nase seiner Geliebten mit einem Turm vergleicht, der gen Damaskus schaut. Auch sah ich nie einen Esel, nämlich keinen vierfüßigen, der wie ein Mensch gesprochen hätte, während ich Menschen genug traf, die jedes Mal, wenn sie den Mund auftaten, wie Esel sprachen. In der Tat, weder eine Vision noch eine seraphitische Verzückung noch eine Stimme vom Himmel, auch kein merkwürdiger Traum oder sonst ein Wunderspuk brachte mich auf den Weg des Heils, und ich verdanke meine Erleuchtung ganz einfach der Lektüre eines Buches – Eines Buches? Ja, und es ist ein altes, schlichtes Buch, bescheiden wie die Natur, auch natürlich wie diese; ein Buch, das werkeltägig und anspruchslos aussieht, wie die Sonne, die uns wärmt, wie das Brot, das uns nährt; ein Buch, das so traulich, so segnend gütig uns anblickt wie eine alte Großmutter, die auch täglich in dem Buche liest, mit den lieben, bebenden Lippen und mit der Brille auf der Nase – und dieses Buch heißt auch ganz kurzweg das Buch, die Bibel. Mit Fug nennt man diese auch die Heilige Schrift; wer seinen Gott verloren hat, der kann ihn in diesem Buche wiederfinden, und wer ihn nie gekannt, dem weht hier entgegen der Odem des göttlichen Wortes.

Vorrede zu »Der Salon«,
2. Band, 2. Auflage (1852)

Onkel Tom und Moses*

Nachdem ich mein ganzes Leben hindurch mich auf allen Tanzböden der Philosophie herumgetrieben, allen Orgien des Geistes mich hingegeben, mit allen möglichen Systemen gebuhlt, ohne befriedigt worden zu sein, wie Messaline nach einer lüderlichen Nacht – jetzt befinde ich mich plötzlich auf demselben Standpunkt, worauf auch der Onkel Tom steht, auf dem der Bibel, und ich knie neben dem schwarzen Betbruder nieder in derselben Andacht –

Welche Demütigung! Mit all meiner Wissenschaft habe ich es nicht weiter gebracht als der arme, unwissende Neger, der kaum buchstabieren gelernt! Der arme Tom scheint freilich in dem heiligen Buche noch tiefere Dinge zu sehen als ich, dem besonders die letzte Partie noch nicht ganz klar geworden. Tom versteht sie vielleicht besser, weil mehr Prügel darin vorkommen, nämlich jene unaufhörlichen Peitschenhiebe, die mich manchmal bei der Lektüre der Evangelien und der Apostelgeschichte sehr unästhetisch anwiderten. So ein armer Negersklave liest zugleich mit dem Rücken, und begreift daher viel besser als wir. Dagegen glaube ich mir schmeicheln zu dürfen, dass mir der Charakter des Moses in der ersten Abteilung des heiligen Buches einleuchtender aufgegangen sei. Diese große Figur hat mir nicht wenig imponiert. Welche Riesengestalt! Ich kann mir nicht vorstellen, dass Ok, König von Basan, größer gewesen sei. Wie klein erscheint der Sinai, wenn der Moses darauf steht! Dieser Berg ist nur das Postament, worauf die Füße des Mannes stehen, dessen Haupt in den Himmel hineinragt, wo er mit Gott spricht – Gott verzeih mir die Sünde, manchmal wollte es mich bedünken, als sei dieser mosaische Gott nur der zurückgestrahlte Lichtglanz des Moses selbst, dem er so ähnlich sieht, ähnlich in Zorn und in Liebe – Es wäre eine große Sünde, es wäre Anthropomorphismus, wenn man eine solche Identität des Gottes und seines Propheten annähme – aber die Ähnlichkeit ist frappant.

Ich hatte Moses früher nicht sonderlich geliebt, wahrscheinlich weil der hellenische Geist in mir vorwaltend war und ich dem Gesetzgeber der Juden seinen Hass gegen alle Bildlichkeit, gegen die Plastik, nicht verzeihte. Ich sah nicht, dass Moses, trotz seiner Befeindung der Kunst, dennoch selber ein großer Künstler war und den wahren Künstlergeist besaß. Nur war dieser Künstlergeist bei ihm, wie bei seinen ägyptischen Landsleuten, nur auf das Kolossale und Unverwüstliche gerichtet. Aber nicht wie die Ägypter formierte er seine Kunstwerke aus Backstein und Granit, sondern er baute Menschenpyramiden, er meißelte Menschen-Obelisken, er nahm einen armen Hirtenstamm und schuf daraus ein Volk, das ebenfalls den Jahrhunderten trotzen sollte, ein großes, ewiges, heiliges Volk, ein Volk Gottes, das allen andern Völkern als Muster, ja der ganzen Menschheit als Prototyp dienen konnte: Er schuf Israel! [...]

Wie über den Werkmeister hab ich auch über das Werk, die Juden, nie mit hinlänglicher Ehrfurcht gesprochen, und zwar gewiss wieder meines hellenischen Naturells wegen, dem der judäische Asketismus zuwider war. Meine Vorliebe für Hellas hat seitdem abgenommen. Ich sehe jetzt, die Griechen waren nur schöne Jünglinge, die Juden aber waren immer Männer, gewaltige, unbeugsame Männer, nicht bloß ehemals, sondern bis auf den heutigen Tag, trotz achtzehn Jahrhunderten der Verfolgung und des Elends. Ich habe sie seitdem besser würdigen gelernt, und wenn nicht jeder Geburtsstolz bei dem Kämpen der Revolution und ihrer demokratischen Prinzipien ein närrischer Widerspruch wäre, so könnte der Schreiber dieser Blätter stolz darauf sein, dass seine Ahnen dem edlen Hause Israel angehörten, dass er ein Abkömmling jener Märtyrer, die der Welt einen Gott und eine Moral gegeben und auf allen Schlachtfeldern des Gedankens gekämpft und gelitten haben.

»Geständnisse« (1854)

Ob wir einst auferstehen?

Fortdauer nach dem Tode

Gott hat nichts manifestiert, was darauf hinwiese, auch redet Moses nicht davon. Es ist ihm vielleicht gar nicht recht, dass die Frommen die Fortdauer so fest annehmen – In seiner väterlichen Güte will er uns vielleicht damit eine Sürprise machen.

Notiz

Mein süßes Lieb, wenn du im Grab,
Im dunkeln Grab wirst liegen,
Dann will ich steigen zu dir hinab,
Und will mich an dich schmiegen.

Ich küsse, umschlinge und presse dich wild,
Du Stille, du Kalte, du Bleiche!
Ich jauchze, ich zitt're, ich weine mild,
Ich werde selber zur Leiche.

Die Toten stehn auf, die Mitternacht ruft,
Sie tanzen im luftigen Schwarme;
Wir beide bleiben in der Gruft,
Ich liege in deinem Arme.

Die Toten stehn auf, der Tag des Gerichts
Ruft sie zu Qual und Vergnügen;
Wir beide bekümmern uns um nichts,
Und bleiben umschlungen liegen.

»Buch der Lieder« (1827)

Ein sonnenklarer Beweis*

Ob wir einst auferstehen? Sonderbar! Meine Tagesgedanken verneinen diese Frage, und aus reinem Widerspruchsgeiste wird sie von meinen Nachtträumen bejaht. So z. B. träumte mir unlängst: ich sei in der ersten Morgenfrühe nach dem Kirchhof gegangen, und dort, zu meiner höchsten Verwunderung, sah ich, wie bei jedem Grabe ein Paar blankgewichster Stiefel stand, ungefähr wie in den Wirtshäusern vor den Stuben der Reisenden ... Das war ein wunderlicher Anblick, es herrschte eine sanfte Stille auf dem ganzen Kirchhof, die müden Erdenpilger schliefen, Grab neben Grab, und die blankgewichsten Stiefel, die dort in langen Reihen standen, glänzten im frischen Morgenlicht, so hoffnungsreich, so verheißungsvoll, wie ein sonnenklarer Beweis der Auferstehung.

»Ludwig Börne.
Eine Denkschrift« (1840)

Auf Wiedersehen in einer besseren Welt*

Ein Grab ohne Ruhe, der Tod ohne die Privilegien der Verstorbenen, die kein Geld auszugeben und keine Briefe oder gar Bücher zu schreiben brauchen – das ist ein trauriger Zustand. Man hat mir längst das Maß genommen zum Sarg, auch zum Nekrolog, aber ich sterbe so langsam, dass solches nachgrade langweilig wird, für mich wie für meine Freunde. Doch Geduld, alles hat sein Ende. Ihr werdet eines Morgens die Bude geschlossen finden, wo Euch die Puppenspiele meines Humors so oft ergötzten. [...]

Ich [...] gerate in einen larmoyanten Ton, der vielleicht überhand nehmen kann, wenn ich bedenke, dass ich jetzt auch von dir, teurer Leser, Abschied nehmen soll. Eine gewisse Rührung beschleicht mich bei diesem Gedanken; denn ungern trenne ich mich von dir. Der Autor gewöhnt sich am Ende an sein Publikum, als wäre es ein vernünftiges Wesen. Auch dich scheint es zu betrüben, dass ich dir Valet sagen muss; du bist gerührt, mein teurer Leser, und kostbare Perlen fallen aus deinen Tränensäckchen. Doch beruhige dich, wir werden uns wiedersehen in einer besseren Welt, wo ich dir auch bessere Bücher zu schreiben gedenke. Ich setze voraus, dass sich dort auch meine Gesundheit bessert und dass mich Swedenborg nicht belogen hat. Dieser erzählt nämlich mit großer Zuversicht, dass wir in der anderen Welt das alte Treiben, ganz wie wir es in dieser Welt getrieben, ruhig fortsetzen, dass wir dort unsere Individualität unverändert bewahren, und dass der Tod in unserer organischen Entwicklung gar keine sonderliche Störung hervorbringe. Swedenborg ist eine grundehrliche Haut, und glaubwürdig sind seine Berichte über die andere Welt, wo er mit eigenen Augen die Personen sah, die auf unserer Erde eine Rolle gespielt. [...] Helden und Heilige dieser Erde waren dort zu Lumpen und Taugenichtsen herabgesunken, während auch das Gegenteil stattfand. So z. B. stieg dem heiligen Antonius der Hochmut in den Kopf, als er erfuhr, welche ungeheure Verehrung und Anbetung ihm die ganze Christenheit zollt, und er, der hienieden den furchtbarsten Versuchungen widerstanden, ward jetzt ein ganz impertinenter Schlingel und liederlicher Galgenstrick, der sich mit seinem Schweine um die Wette in den Kot wälzt. Die keusche Susanne brachte der Dünkel ihrer Sittlichkeit, die sie unbesiegbar glaubte, gar schmählich zu Falle, und sie, die einst den Greisen so glorreich widerstanden, erlag der Verlockung des jungen Absalon, Sohn Davids. Die Töchter Lots hingegen hatten sich im Verlauf der Zeit sehr vertugendhaftet und gelten in der andern Welt für Muster der Anständigkeit; der Alte verharrte leider bei der Weinflasche.

So närrisch sie auch klingen, so sind doch diese Nachrichten ebenso bedeutsam wie scharfsinnig. Der große skandinavische Seher begriff die Einheit und Unteilbarkeit unserer Existenz, so wie er auch die unveräußerlichen Individualitätsrechte des Menschen ganz richtig erkannte und anerkannte. Die Fortdauer nach dem Tode ist bei ihm kein idealer Mummenschanz, wo wir neue Jacken und einen neuen Menschen anziehen; Mensch und Kostüm bleiben bei ihm unverändert. In der anderen Welt des Swedenborg werden sich auch die armen Grönländer behaglich fühlen, die einst, als die dänischen Missionäre sie bekehren wollten, an diese die Frage richteten: ob es im christlichen Himmel auch Seehunde gäbe? Auf die verneinende Antwort erwiderten sie betrübt: der christliche Himmel passe alsdann nicht für Grönländer, die nicht ohne Seehunde existieren könnten.

Wie sträubt sich unsere Seele gegen den Gedanken des Aufhörens unserer Persönlichkeit, der ewigen Vernichtung! Der *horror vacui*, den man der Natur zuschreibt, ist vielmehr dem menschlichen Gemüte angeboren. Sei getrost, teurer Leser, es gibt eine Fortdauer nach dem Tode, und in der anderen Welt werden wir auch unsere Seehunde wiederfinden.

Nachwort zum »Romanzero« (1851)

Heines heilige Häresien

Nachwort

Einen »echten« Katechismus hätte Heinrich Heine niemals geschrieben. Ein solches Glaubenslehrbuch wäre ihm allein schon deswegen nicht in den Sinn gekommen, weil er mit seinen literarischen Werken zwar vieles wollte – aufklären, provozieren, unterhalten, hinterfragen, reflektieren –, aber eines gewiss nie: belehren. Zudem erschien ihm das Bestreben, religiöse Vorstellungen dogmatisch festzulegen und anderen vorzuschreiben, als eine geschichtliche Fehlentwicklung, die in der Antike noch ganz unbekannt gewesen sei: »Einst [...] ließ sich keiner einfallen, die Lehre und die Feier seiner Religion besonders anzupreisen oder gar sie jemanden aufzudringen. Die Religion war eine liebe Tradition, heilige Geschichten, Erinnerungsfeier und Mysterien, überliefert von den Vorfahren, gleichsam Familiensakra des Volks, und einem Griechen wäre es ein Gräuel gewesen, wenn ein Fremder, der nicht von seinem Geschlechte, eine Religionsgenossenschaft mit ihm verlangt hätte; noch mehr würde er es für eine Unmenschlichkeit gehalten haben, irgendjemand, durch Zwang oder List, dahin zu bringen, seine angeborene Religion aufzugeben und ein fremde dafür anzunehmen.«

Dass diese Auswahl seiner wichtigsten und schönsten Schriften zum Thema Religion den Titel »Katechismus« trägt, hätte ihm vielleicht dennoch gefallen, hat er doch 1854 in seinen »Geständnissen« augenzwinkernd bekannt, er würde »die Ernennung zum Papste nicht ausgeschlagen haben, wenn die Wahl des Konklaves auf mich gefallen wäre. Es ist dieses jedenfalls ein sehr anständiges und auch mit gutem Einkommen versehenes Amt, das ich gewiss mit hinlänglichem Geschick versehen konnte. [...] Mit einem [...] unerschütterlichen sazerdotalen Ernste – denn ich kann sehr ernst sein, wenn es durchaus nötig ist – [...] hätte sich Meine Heiligkeit auf dem hohen Balkon dem Volke gezeigt [...].« Heines »Katechismus« ist buchstäblich unorthodox, in jeder Hinsicht. Und obwohl er nicht belehren will, kann man daraus etwas lernen – keine Gebetsformeln oder Glaubensbekenntnisse, aber dafür das produktive Zweifeln, die Skepsis gegenüber Dogmen und ihren weltlichen Vertretern und vor allem das Staunen über Heines Einsichten in die zerstörerischen wie positiven Kräfte der Religion, in das Göttliche im Menschen und göttliche Menschlichkeit wie über seine assoziative Kunst, historische und philosophische Zusammenhänge zu beleuchten.

Heinrich Heine gilt weithin in erster Linie als Glaubensskeptiker, wo nicht gar als Atheist. Eine 2007 erschienene »Enzyklopädie des Unglaubens« widmet ihm wie selbstverständlich einen Eintrag. Bei den zahllosen Debatten, die seit seinem Tod bis heute um die »Denkmalwürdigkeit« Heines geführt wurden, ist immer wieder seine Verhöhnung des (christlichen) Glaubens angeprangert worden, wenn es wieder einmal galt, Argumente ins Feld zu führen, um ein Standbild für ihn zu verhindern. Und zu seinen Lebzeiten war seine als anti-religiös verstandene Haltung mehr als einmal Anlass für Repressionen und Zensurmaßnahmen: Der Bundestag begründete 1835 das Generalverbot seiner und anderer Schriften des Jungen Deutschland unter anderem damit, dass deren Absicht vor allem darin bestünde, »die christliche Religion auf die frechste Art anzugreifen«, der Vatikan setzte 1836 und 1845 Werke von ihm auf den Index der verbotenen Bücher (von dem sie erst 1966 wieder verschwanden, nämlich als dieser Index abgeschafft wurde), und auch von jüdischer Seite grenzte man sich seiner Glaubensansichten wegen von ihm ab. So erklärte Gabriel Riesser, einer der wichtigsten Sprecher der jüdischen Reformbewegung 1840, die Juden hätten Heine »stets, wie er sie, verleugnet, wenn er ihnen aufgebürdet werden sollte; nie hat sich ein Jude, der als solcher, der im Namen und im Sinne seiner Glaubensgenossen über Heine redete, anders als zurückweisend, als jede Gemeinschaft ernst und offen ablehnend, über ihn geäußert.«

Dem negativen Bild vom gänzlich ungläubigen Heine steht dessen explizit positive Bewertung durch materialistische oder marxistische Interpreten gegenüber. Und auch mancher liberale Heine-Verehrer sieht in dessen Spott über Priester und Propheten und seiner scheinbar heiteren Gleichgültigkeit dem Religiösen gegenüber die besondere, schätzenswerte Qualität dieses freien Geistes. Andererseits gab es in der Heine-Forschung und -Biographik auch immer wieder verlegene Versuche, Heine vor seinem eigenen vermeintlichen Atheismus zu »retten« und als einen trotz allem »guten« Christen oder Juden darzustellen. Gemeinsam ist all solchen Sichtweisen, dass sie Heine unterschätzen, dass sie die tatsächliche politische wie theologische Konsequenz und Radikalität seines Religionsdenkens verkennen, wo nicht gar (unbewusst oder bewusst) abwehren.

Heine war kein »Gottsucher«, den die Frage nach einem höchsten Wesen und seiner Beziehung zu ihm beständig quälte, der existenziell um seinen Glauben rang oder bei der Konstruktion einer eigenen konfessionellen Identität spirituelle Nabelschau betrieb. Dennoch: Das Buch, das er in seinen Schriften am häufigsten zitiert und das er vielleicht sogar von allen Büchern überhaupt am besten kannte, war die Bibel. Das erste größere literarische Projekt seiner Schriftstellerlaufbahn, die Tragödie »Almansor« (1823), hatte eine religiös-soziale Thematik: die Vertreibung und religiöse Unterdrückung der Mauren im rekatholisierten Spanien nach der Reconquista und damit die Frage nach der historischen Rolle des Christentums, nach Zwangs-Konversionen, frommer Heuchelei und der Möglichkeit oder Unmöglichkeit religiöser Toleranz. Und er befand, »das Wesen Gottes« sei »die wichtigste Frage der Menschheit« (S. 212), womit er vor allem feststellte, dass es eine *menschliche* Frage ist: Die Frage nach Gott ist für ihn die Frage nach dem Menschen.

In den zahllosen Göttergestalten, die Heines literarische Werke bevölkern und die auch in diesem »Katechismus« repräsentiert sind, verkörpern sich menschliche Wünsche und Glücksvorstellungen. Ob mächtiger jüdischer Rachegott, sinnenfroher Griechengott, Trost für die Leidenden spendender Christus oder selbst die »gottlosen Selbstgötter« wie die »Herren Feuerbach, Daumer, Bruno Bauer, Hengstenberg« (S. 216) – sie alle stehen für menschliche Bedürfnisse in konkreten historischen Situationen. Darum können Heines Götter zwar sterben (und müssen es sogar), aber doch nie verschwinden, da sie als Ideen »unzerstörbar« (S. 81) sind, vor allem wenn die revolutionären Ansprüche, für die sie stehen, uneingelöst bleiben. Darum ist er so fasziniert von den Transformationen und der Fortexistenz von Göttern, nachdem deren Herrschaft vorüber ist und von der Geschichte verworfen wurde. Dieser Anspruch des Menschen auf Glück aber ist für Heine stets die höchste Legitimation der Frage nach dem Göttlichen, er ist die Legitimation für jeglichen Glauben wie auch für den Zweifel an Gott, für strenge Glaubensgesetze, wie Moses sie errichtete, aber ebenso für die Rebellion gegen einen ungerechten Gott, wie Hiob sie führt, wenn er, genau wie der Dichter Heine in der Zeit seiner Krankheit und nach dem Scheitern der Revolutionen von 1848 / 49, »sich grausam gekränkt fühlt in seinen Ansprüchen auf Lebensglück« (S. 202). Dass Heines Auffassung über die in seinen Augen »wichtigste Frage der Menschheit« vor allem Ausdruck einer radikal begriffenen Freiheit ist, hat der Heine-Forscher Klaus Briegleb auf den Punkt gebracht, als er schrieb: »Die Quelle der Religionsphilosophie Heines ist die Weisheit, die aus der menschlichsten und freiesten Freiheit gebildet ist, der Freiheit des Streits mit Gott aus dem Geist der Verneinung und des Zweifels.«

»Was ist aber die [] große Aufgabe unserer Zeit? Es ist die Emanzipation. Nicht bloß die der Irländer, Griechen, Frankfurter Juden, westindischen Schwarzen und dergleichen gedrückten Volkes, sondern es ist die Emanzipation der ganzen Welt [...]«.

Diese Maxime, die Heine 1830 in seiner »Reise von München nach Genua« formulierte, bestimmt nicht nur sein politisches Denken, sondern auch seinen Blick auf die Religionen. Sie ist der Maßstab, den er an alle religiösen Phänomene, an Gottesvorstellungen und auch an die Vertreter oder die Kritiker der einzelnen Glaubensrichtungen anlegt. Immer wieder fragt er, wie diese zu jener »großen Aufgabe« stehen, ob sie diese befördern oder behindern. Daraus ergeben sich die Kernpunkte seiner Religionskritik, die vor allem der christlichen Verteufelung weltlicher Genüsse – seien sie nun leiblicher oder politischer Natur – unter dem (ver-)tröstenden eschatologischen Verweis auf das Jenseits gilt, mit der insbesondere der Katholizismus in fataler Einheit mit den Mächtigen der Zeit »durch die Lehre von der Verwerflichkeit aller irdischen Güter, von der auferlegten Hundedemut und Engelsgeduld, die erprobteste Stütze des Despotismus geworden« sei. Zugleich kann er mit seinem dialektischen Blick aber die kulturhistorischen Verdienste selbst des Katholizismus würdigen (s. S. 91 f.), und er entdeckt damit die emanzipatorische Kraft mancher religiösen Bewegungen, nicht nur in den nach Genuss strebenden hellenischen Göttern oder dem naturgewaltigen Pantheismus, den er als »verborgene Religion« (S. 108) Deutschlands betrachtet, sondern auch an unerwarteten Orten wie etwa im Mystizismus, den er als eine Form der Rebellion, als Gegensatz zu priesterlichen Autoritätsansprüchen versteht (s. S. 193 f.). Er sieht Moses, Jesus und die frühen Christen als Revolutionäre und liest die Bibel als ein Manifest der Freiheit (s. S. 129 ff.), an das er seine wunderbare These von der jüdisch-germanischen Wahlverwandtschaft und seine Bestimmung der historischen und zukünftigen Rolle der Juden knüpft. Eine große emanzipatorische Kraft ist für Heine der deutsche Protestantismus, obwohl dieser zugleich, wie das Christentum insgesamt, den »Sensualismus« zugunsten des »Spiritualismus« unterdrücke. Dieser Gegensatz ist ein Leitmotiv seiner Religionsbetrachtung, und in dessen Aufhebung durch eine Versöhnung von Geist und Materie, Leib und Seele sieht er eine befreiende Utopie. Verkörpert wird sie von Synthesefiguren – zu einer solchen stilisiert Heine Martin Luther, »in welchem Geist und Materie nicht getrennt sind« (S. 97), und dem er neben der Verbindung von judäisch-christlichem Spiritualismus und antikem Sensualismus sogar noch vielsagend die Naturkräfte der germanisch-pantheistischen Berggeister zuschreibt. Auch Shakespeare ist eine solche Synthesefigur (»zu gleicher Zeit Jude und Grieche«, S. 127) und nicht zuletzt Jesus Christus selbst, dem Heine – gewiss zur Empörung aller orthodoxen Christen seiner Zeit – bei aller Vergeistigung zugleich Züge eines schönen Hellenengottes und ein Auge für weibliche Schönheit verleiht (s. S. 14).

Heines häretisch-religiöse Gedanken weisen Anklänge an die radikale französische Aufklärung, vor allem an deren Kritik an einem betrügerischen Priestersystem auf, und sie weisen voraus auf spätere Religionskritiker wie Marx, der von Heine seine berühmte Formel von der Religion als »Opium« übernahm (s. S. 198 f.), oder Nietzsche (dessen Gedanken zum Tod Gottes, zum Christentum als »Krankheitssymptom« oder zur Unterscheidung des dionysischen vom apollinischen Prinzip bei Heine vorgeformt sind). Ihre Wurzel aber haben sie in Heines eigener ›religiöser Biographie‹ und seinem steten, bewussten Bezug auf die Leidensgeschichte der Juden.

Es blühte in der Vergangenheit
So manche schöne Erscheinung
Des Glaubens und der Gemütlichkeit;
Jetzt herrscht nur Zweifel, Verneinung.

So lässt Heine in seinem Versepos »Deutschland. Ein Wintermärchen« Hamburgs Schutzpatronin Hammonia klagen. Missbilligend blickt die Göttin – die selbst von eher zweifelhafter Herkunft ist – auf eine Gegenwart, in der in der deutschen Publizistik philosophische Religionskritiker wie David Friedrich Strauss, Ludwig Feuerbach, Bruno Bauer oder Georg Friedrich Daumer das Wort führen und selbst innerhalb der Religionen – in den jüdischen Gemeinden wie auch den christlichen Kirchen – bei theologischen Richtungsstreitigkeiten Dogmen angegriffen und Glaubensinhalte radikal in Zweifel gezogen werden. Trotz solcher Erosionserscheinungen und obwohl diese Epoche aus Sicht der Historiker ganz im Zeichen einer immer stärkeren und unumkehrbaren Säkularisierung steht, ist die Religionszugehörigkeit noch immer ein Faktor, der entscheidenden Einfluss auf die Lebenswirklichkeit der Menschen in den Ländern Europas hat. Der Verlauf von Heines eigenem Leben ist ein deutlicher Beleg dafür: Als Jude in einer christlichen Mehrheitsgesellschaft, in der institutionelle wie individuelle Judenfeindschaft zum Alltag gehörte, sah er sich spezifischen äußerlichen wie inneren Zwängen ausgesetzt, die sein späterer Entschluss zur protestantischen Taufe (der selbst ein Resultat solcher Zwänge war) änderte, aber nicht beseitigte und die ihn zudem vollkommen abhängig von seiner tatsächlichen persönlichen religiösen Haltung trafen. Er begriff diese Zwänge und ihre Auswirkungen auf seine Zeit, auf sein Leben und seine Entscheidungen nicht nur als aktuelles Phänomen der eigenen Gegenwart, sondern als Teil einer weit zurückreichenden Verfolgungsgeschichte, der er sich stets bewusst war und die er in ihrer Unabdingbarkeit zu den Elementen zählte, die seine Identität ausmachten: »Wie kann ich aus meiner Haut, die aus Palästina stammt, und welche von den Christen gegerbt wird seit achtzehnhundert Jahren!«, rief er im Gespräch mit einem Freund einmal aus.

Die Familie, in die er 1797 geboren wurde, gehörte seit mehreren Generationen der kleinen jüdischen Gemeinde Düsseldorfs an. Das hohe Ansehen, das sie innerhalb der Gemeinde genoss, gründete auch auf fromme Werke: Heines Urgroßvater Joseph Jacob (genannt Juspa) van Geldern hatte im Jahr 1712 in seinem Wohnhaus die erste Synagoge der Stadt eingerichtet, Heines Urgroßvater Lazarus van Geldern hatte 1723 eine kostbare Haggadah-Handschrift anfertigen lassen, und sein geliebter Vater, der Tuchhändler Samson Heine, war zeitweilig als Armenpfleger tätig, hielt also das Gebot der Mildtätigkeit genauso in Ehren, wie das sein Bruder Salomon Heine mit seinen zahlreichen bedeutenden Spenden und Stiftungen in Hamburg tat (s. S. 33 f.).

Als Kind erhielt Heine Unterricht in einer jüdischen Religionsschule, in der ihm vermutlich auch Grundzüge des Hebräischen vermittelt wurden. Seine häusliche Erziehung war von dem liberalen, aufgeklärten Religionsverständnis seiner Mutter Betty geprägt: »Ihr Glauben war ein strenger Deismus, der ihrer vorwaltenden Vernunftrichtung ganz angemessen«, schrieb er später über sie. Dass Heines Elternhaus nicht orthodox war, zeigt auch sein Vorname: Harry ist kein traditioneller jüdischer Name, auch wenn er einen Anklang an den Namen seines Großvaters enthält, der Chajim hieß. Mit ihm verbindet sich eine von Heine in seinen fragmentarisch überlieferten »Memoiren« als prägend geschilderte Kindheitserinnerung. Als er seinen Vater einmal nach dessen Vater fragte, sagte ihm dieser: »Dein Großvater war ein kleiner Jude und hatte einen großen Bart« – am nächsten Tag in der Schule wiederholte der kleine Harry diesen Satz, und in seiner Klasse brach sogleich »ein Höllenspektakel« los. Für den Tumult um seine »unglückliche genealogische Mitteilung« wurde Harry vom Lehrer zur Rechenschaft gezogen: »Es waren die ersten Prügel, die ich auf dieser Erde empfing«, erinnerte er sich, und seitdem lief ihm, »jedes Mal wenn von kleinen Juden mit großen Bärten die Rede war, [...] eine unheimliche Erinnerung grüselnd über den Rücken. ›Gesottene Katze scheut den kochenden Kessel‹, sagt das Sprichwort, und jeder wird leicht begreifen, dass ich seitdem keine große Neigung empfand, nähere Auskunft über jenen bedenklichen Großvater und seinen Stammbaum zu erhalten oder gar dem großen Publikum wie einst dem kleinen dahinbezügliche Mitteilungen zu machen.«

Die Schule, in der sich dieses »Höllenspektakel« ereignete, war das Düsseldorfer Lyzeum im ehemaligen Franziskanerkloster. Seine Lehrer waren katholische Geistliche, darunter auch einige Jesuiten – über die pädagogischen Leistungen der Jesuiten äußerte Heine sich später, trotz aller Kritik am Katholizismus und der politischen Rolle der Gesellschaft Jesu, stets positiv. Seit einem kurfürstlichen Erlass von 1804 war es jüdischen Kindern erlaubt, die christlichen Schulen der Stadt zu besuchen; Harry Heine und seine beiden jüngeren Brüder waren jedoch für lange Zeit die einzigen jüdischen Schüler am Lyzeum, was den modernen Erziehungsgedanken seiner Eltern unterstreicht. Dass dort Religion und Philosophie offenbar gleichrangig unterrichtet wurden und er dabei erlebte, »wie ohne Heuchelei Religion und Zweifel ruhig nebeneinander gingen« (S. 11), machte den freigeistigen Charakter seiner Schulbildung aus, den Heine im Rückblick besonders betonte. Aber durch die Schule und das städtische Umfeld entstand bei dem jungen Heine auch früh eine enge Vertrautheit mit dem katholischen Glauben, der ihn stark beeindruckte. »Es gab eine

Zeit, wo ich jedem Kapuziner, dem ich auf der Straße begegnete, gläubig die Hand küsste«, schrieb er über die religiöse Gedankenwelt seiner Kindheit, in der es neben der Zeit seiner an »Gottesleugnung« (S. 11) grenzenden Gleichgültigkeit auch eine Phase gab, die er seine »Madonna-Periode« nannte und die ebenfalls ihre Spuren in seinem literarischen Werk hinterlassen hat. Das Nebeneinander von jüdischem Familienleben und rheinisch-katholischer Umgebung wird sinnfällig in dem Umstand, dass Heines Vater der Verpflichtung, als Besitzer eines am Prozessionsweg gelegenen Hauses bei kirchlichen Umzügen einen zur Straße gelegenen Altar zu schmücken, offenbar stets nicht nur mit Sorgfalt, sondern sogar mit Vergnügen nachkam und dabei von seinem Sohn eifrig unterstützt wurde. Solche vom Vater vorgelebte, heitere Toleranz in Dingen des religiösen Alltags und seiner Konventionen (s. S. 11) bewahrte sich Heine in seinem privaten Leben immer. Als der kirchenkritisch eingestellte, protestantisch getaufte Jude heiratete, nahm er keinerlei Anstand, sich um seiner geliebten Mathilde willen von einem katholischen Priester trauen zu lassen, »weil meine Gattin, von erzkatholischer Familie, ohne solche Zeremonie sich nicht gottgefällig genug verheiratet geglaubt hätte. Und ich wollte um keinen Preis bei diesem teuren Wesen in den Anschauungen der angeborenen Religion eine Beunruhigung oder Störnis verursachen.«

Mit der Prügel-Episode um die »unglückliche genealogische Mitteilung« über den eigenen Großvater verdeutlichte Heine in seinem »Memoiren«-Fragment aber auf subtile Weise, dass er in seiner Kindheit keineswegs nur religiöse Toleranz erlebt hat, sondern die Stigmatisierung als Jude ebenso zu seinen frühen Grunderfahrungen gehörte. Der

Ablehnung, wie er sie in Situationen wie dieser erlebte, stand zugleich der Anpassungsdruck gegenüber, der von den elterlichen – und wenn man Heines Erinnerungen glaubt, vor allem: mütterlichen – Erziehungsplänen ausging, die auf die Chance zum sozialen Aufstieg zielten und ihn wie viele moderne Juden vor ein Dilemma stellte: dass nämlich Erfolg und Integration in die christliche Mehrheitsgesellschaft im Grunde nur durch Anpassung bis hin zur Aufgabe der eigenen religiösen Identität möglich waren. Die Hoffnung auf echte Emanzipation ohne damit einhergehenden Zwang zur Assimilation, wie sie auch hinter dem Bemühen Betty Heines um eine moderne Schulbildung für ihre Kinder stand, sollte sich als illusorisch erweisen.

Wirklich offene Judenfeindschaft erlebte Heine erst auf seinen späteren Lebensstationen: in Burschenschaftskreisen seines Studienortes Göttingen und den literarischen Zirkeln Berlins, wo er erstmals in das Licht einer größeren literarischen Öffentlichkeit trat. Aber schon bei seinen ersten poetischen Publikationen in einer Hamburger Zeitschrift ahnte er, dass »christliche Liebe die Liebeslieder eines Juden nicht ungehudelt lassen wird«, denn er beobachtete dort sorgenvoll »eine schwüle Spannung« zwischen Christen und Juden. Diese Spannung sollte sich 1819 in Hamburg wie in vielen anderen deutschen Städten in den sogenannten »Hep-Hep-Krawallen« entladen, gewalttätigen Ausschreitungen gegen die jüdische Bevölkerung, die von der Polizei allenfalls sporadisch bekämpft wurden.

Kurz danach begann Heines bis dahin intensivste intellektuelle Beschäftigung mit dem Judentum. Unter dem Eindruck der »Hep-Hep«-Krawalle war in Berlin der »Verein für Kultur und Wissenschaft der Juden« gegründet worden, dem Heine 1822 als Student beitrat (s. S. 38 ff.). Dieser Zusammenschluss junger Akademiker verstand sich nicht als schützende religiöse Wagenburg, sondern hatte sich zum Ziel gesetzt, auf ein modernes, in die säkularisierte Gesellschaft integriertes, selbstbewusstes und emanzipiertes Judentum hinzuarbeiten. Im Unterschied zur jüdischen Reformbewegung ging es ihnen weniger um religiöse als um soziale und insbesondere um wissenschaftliche Fragen. Sie richteten eine Unterrichtsanstalt ein, die jüdische Studenten, die aus der Provinz nach Berlin kamen, auf die Universität vorbereiten sollte, und ihre »Zeitschrift für die Wissenschaft des Judentums« widmete sich der ausdrücklich säkular orientierten, philologischen und historischen Erforschung des Judentums. Zu den Mitgliedern gehörten bedeutende Gelehrte wie der Historiker Isaak Marcus Jost, der Orientalist Ludwig Markus und insbesondere Leopold Zunz, der als Begründer der modernen Judaistik gilt. Den Vorsitz hatte Eduard Gans, einer der führenden Rechtswissenschaftler seiner Zeit. In dem vielseitig gebildeten Autodidakten Moses Moser fand Heine hier einen der engsten Freunde seines Lebens. Moser und andere der Freunde aus dem »Verein für Kultur und Wissenschaft der Juden« – allen voran Gans – waren erklärte Anhänger der Philosophie Hegels, von der auch ihre Ansichten über die historische Rolle des Judentums und die Bedeutung der Religion in der modernen Gesellschaft beeinflusst waren. Daran entzündete sich manche Debatte mit Heine, der skeptisch gegenüber allzu viel Aufgeklärtheit war, die nach seiner Ansicht die Religion steril machen würde. Er sträubte sich gegen assimilatorische Tendenzen, die im Sinne Hegels das Judentum und seine Besonderheit durch ein Aufgehen in der modernen Gesellschaft zugleich zum Verschwinden zu bringen drohten. Mit Blick auf solche Ideen, auf die jüdische Reformbewegung und auch mit einer Portion Selbstkritik forderte er stattdessen »eine Aufregung der Kraft. Eben an Letzterer fehlt es in Israel. [...] Möge bald die Verblendung aufhören, dass das Herrlichste in der Ohnmacht, in der Entäußerung aller Kraft, in der einseitigen Negation [...] bestehe. Wir haben nicht mehr die Kraft, einen Bart zu tragen, zu fasten, zu hassen und aus Hass zu dulden; das ist das Motiv unserer Reformation. [...] auch ich habe nicht die Kraft, einen Bart zu tragen und mir Judemauschel nachrufen zu lassen und zu fasten &c. Ich hab nicht mal die Kraft, ordentlich Mazzes zu essen. Ich wohne nämlich jetzt bei einem Juden (Mosern und Gans gegenüber) und bekomme jetzt Mazzes statt Brot und zerknacke mir die Zähne.«

Diese oberflächlich betrachtet beinahe konservativ wirkende Haltung zeigt sich zum Beispiel in Heines liebevoll gestalteter Schilderung der Figur des Moses Lump (s. S. 137 ff.). Seine Hochschätzung ursprünglicher »Kraft« und ungebrochenen, bekenntnisfreudigen religiösen Selbstbewusstseins – das Heine selbst nicht mehr empfinden konnte – bestimmte nicht nur seine Sicht auf das Judentum, sondern auf alle Religionen. Die Verwässerung durch Scholastik und abstrakte Philosophie kritisierte er als Irrweg, der auch das Christentum immer weiter von seinen Ursprüngen entfernt habe, ein halbherziger Glaubenskompromiss wie die in seinen Augen leblose anglikanische Kirche (s. S. 173) erschien ihm als würdeloser Kontrast zu einem zwar widersprüchlichen, aber inbrünstigen Katholizismus. Ursprüngliche, un-intellektuelle Glaubenskraft entdeckt er dagegen in der Gestalt Martin Luthers (s. S. 96 ff.), im naiv-sittlichen Leben eines protestantischen Pfarrhauses (s. S. 99 f.) und vor allem im Mystizismus aller religiösen Richtungen (s. S. 193 ff.). »Man hat mir vorgeworfen: ich hätte keine Religion. Nein, ich hab sie alle [...].« (S. 195) Diese souveräne Sentenz, die Heine seinem Ich-Erzähler in »Ideen. Das Buch Le Grand« in den Mund legen wollte (in der endgültigen Druckfassung aber schließlich doch nicht verwendete), kann man als heitere Häresie verstehen – oder aber als selbstbewusste Feststellung seiner ausgeprägten Fähigkeit, in allen Religionen den göttlichen Funken der Poesie zu entdecken. Bei aller Kritik an Heuchelei und Frömmelei, an korrumpierbaren Priestern und lebensfeindlichen Dogmen, an Unterdrückung und Unterwürfigkeit, von der seine skeptische Darstellung der realen Religionen geprägt ist, gelingt es ihm doch immer, auch deren positive, begeisternde, schöne Seiten zu zeigen. Wirklich beinahe allen Religionen, die er in Versen oder Prosa schildert, schreibt er zumindest einen wahrhaftigen, guten Aspekt zu, und der ist bei allen der gleiche: Poesie. Sie ist für Heine das wirkliche, ursprüngliche Wesen der Religionen. Das gilt auch für diejenigen Glaubensrichtungen, über die er nur wenig weiß. Denn es kommen zwar wirklich fast »alle« Religionen in seinen Werken vor, allerdings ist seine Kenntnis von Judentum und Christentum, von griechisch-römischer und nordischer Götterwelt ausgeprägter als etwa die von Hinduismus und Islam. Deren heilige Schriften waren ihm bekannt, soweit sie im Zuge der modischen Orient-Begeisterung jener Zeit ins Deutsche übersetzt worden waren, aber diese Bekanntschaft war eher Bücherwissen und nicht unterfüttert durch tatsächliche Kontakte zur Praxis dieser Religionen und zu ihren Anhängern (so teilte er etwa den in Europa verbreiteten Irrtum, dass im Islam Frauen nicht ins

Paradies gelangen könnten, s. S. 193). Nicht nur im Hinblick auf die Schönheit der Religionen fand Heine einen solchen gemeinsamen Nenner, sondern auch für ihre hässliche Seite: Das ist der Fanatismus, der ihnen, wie Heine eindrucksvoll darstellt, alle Poesie raubt und ihr Gewalt- und Unterdrückungspotenzial entfesselt – ein Potenzial, das er allerdings nicht nur bei den Religionsfundamentalisten, sondern genauso bei den Fanatikern des Atheismus entdeckt und anprangert (s. S. 198 ff.). Gleiches gilt für ihre unheilige Verbindung mit staatlicher Gewalt (s. S. 171 ff.).

Der Verein für Kultur und Wissenschaft der Juden, mit dem sich die intensivste und nachhaltigste Auseinandersetzung Heines mit einer Religion verbindet, blieb eine Randerscheinung und löste sich bald auf – wegen finanzieller Schwierigkeiten, aber auch weil der Vorsitzende Eduard Gans sich taufen ließ, um eine Professur an der Berliner Universität erhalten zu können. Seine Zielsetzung und seine Ideen sollten jedoch Heines schriftstellerische Arbeit entscheidend prägen. Im Verein wurde sein lebenslanges Interesse für die jüdische Geschichte geweckt, das sich bald nach seiner Abreise aus Berlin in der Erzählung »Der Rabbi von Bacherach« niederschlug, für die er intensive historische Quellenstudien betrieb. »Ganz eigene Gefühle bewegen mich, wenn ich jene traurigen Annalen durchblättre; eine Fülle der Belehrung und des Schmerzes. Der Geist der jüdischen Geschichte offenbart sich mir immer mehr und mehr, und diese geistige Rüstung wird mir gewiss in der Folge sehr zu statten kommen«, schrieb er an Moser. Tatsächlich beschäftigt er sich sein Leben lang mit Themen oder Gestalten aus der jüdischen Geschichte – vor allem die Dichtung der spanischen, maurisch-jüdischen Blütezeit faszinierte ihn (s. S. 43 ff.) – und griff immer wieder auf Kenntnisse und Gedankengänge zurück, die aus seiner Zeit beim Verein stammten.

Dabei verfolgte er stets das Anliegen, einen Satz zu widerlegen, den er einst selbst notiert hatte: »Der Taufzettel ist das Entree Billet zur Europäischen Kultur.« (S. 196) Auch wenn der Satz eine bittere gesellschaftliche Realität seiner Zeit beschreibt, versucht Heine durch sein Werk zu zeigen, dass er historisch falsch ist. Sein eigenes Auftreten als jüdischer Schriftsteller, der gegen Widerstände und gegen zeitgenössische Stimmen, die Juden zu Nicht-Deutschen erklären wollten, mit Stolz, Trotz und mit Recht sagt: »Ich bin ein deutscher Dichter, / Bekannt im deutschen Land; / Nennt man die besten Namen, / So wird auch der meine genannt«, ist ein machtvoller Einspruch gegen diesen Satz. Als Künstler steht er für die Wahrheit, dass das Judentum kein solches »Entree Billet« nötig hat, da »Europäische Kultur« ohne Kultur und Wissenschaft der Juden gar nicht denkbar wäre – und für das Engagement dafür, dass diese Wahrheit sich durchsetzt. Seine Stellungnahmen zum Thema der Emanzipation der Juden sind denn auch nicht geprägt vom Werben für Toleranz aufseiten der christlichen Mehrheitsgesellschaft, sondern von der schlichten, klaren Forderung nach gleichen Rechten. Sie ist für ihn ein politisches und kein religiöses Thema, das zudem nicht allein die Juden betrifft, sondern eine freie Gesellschaft insgesamt (s. S. 175 ff. und S. 196).

Den historisch allgemeinen wie individuell erlebten (und erlittenen) Erfahrungsraum, den jener durch Quellenstudium offenbarte »Geist der jüdischen Geschichte« (»eine Fülle der Belehrung und des Schmerzes«) ausmacht, erschließt Heine seinen Lesern auf vielfältige Weise. Er ist die Angst und die Trauer und die Wut, aus der sich sein Witz und seine berühmte Ironie speisen: »wenn die weitklaffende Todeswunde meines Herzens sprechen könnte, so spräche sie: ich lache«. Wenn man diese jüdische Geschichtsperspektive ausblendet, dann liest sich zum Beispiel die berühmte Schlusspointe seiner »Disputation« (»Dass der Rabbi und der Mönch, / Dass sie alle beide stinken«, S. 166) als bloßer Spott über religiösen Fanatismus jeglicher Couleur, als witziges freigeistiges »Darüberstehen« und Ausdruck von heiterer, ja gleichgültiger Äquidistanz zum Judentum wie zum Christentum. Donna Blanca steht wie Lessings Nathan vor der Frage nach dem »nicht erweislichen« wahren Glauben, muss aber eine bizarre Travestie jenes friedlichen, sanftmütigen Wettstreits der Religionen bezeugen, zu dem dessen Ringparabel aufrief, denn statt mit Güte wird er »in der Aula zu Toledo« (S. 148) mit Beschimpfungen geführt. Wie Nathan hält sie vor der Antwort inne und denkt nach. Was würde passieren, gäbe sie dem Rabbi recht? Der für den Fall ausgemachte Übertritt der Fratres zum Judentum wäre am katholischen spanischen Hof undenkbar, eine solche unerwartete, von der Mehrheit als unmöglich empfundene Antwort könnte Tumult, Empörung des Publikums und schließlich Gewalt zur Folge haben, die sich unweigerlich gegen die Juden richten müsste. Und gäbe sie dem Mönch recht? Im Triumphgefühl, durch ein solches Urteil angestachelt, könnte dessen ohnehin mit Gewaltdrohung aufgeladene Rede vom Scheiterhaufen für die Juden zur Realität werden. Beide Antworten hätten also womöglich die gleiche Folge. Im Horizont von Heines jüdischer Geschichtsperspektive ist Donna Blancas naserümpfende, komische Pointe also kein simpler religiöser Scherz oder gar ein Beleg für die atheistisch anmutende, spöttische Gleichgültigkeit des Autors. Vielmehr ist sie die wohlüberlegte, einzige Antwort, die den Rabbi rettet.

Die Juden gehörten in Deutschland zu den Verlierern der Restaurationszeit, die 1815 mit der Niederlage der Franzosen einsetzte. Die Gleichstellungsgesetze aus der Franzosenzeit waren Geschichte, und 1822 wurde auch das preußische Emanzipationsedikt von 1812 aufgehoben. Es hatte Juden unter anderem erstmals das Recht zugestanden, akademische Lehrämter auszuüben, und seine Aufhebung schränkte Heines juristische Berufschancen drastisch ein. Universitätskarriere oder Staatsdienst waren verbaut, die Advokatenlaufbahn ebenso, denn Juden waren nicht zur Anwaltschaft zugelassen. All dies bewog ihn dazu, sich zum Abschluss seines Jurastudiums am 28. Juni 1825 durch Pastor Gottlieb Christian Grimm in Heiligenstadt bei Göttingen evangelisch taufen zu lassen. Die Briefe, die er darüber an seinen Freund Moses Moser schrieb (s. S. 177 ff.), zeugen von der Schwere, die dieser Entschluss für Heine hatte. Sie haben etwas Selbstquälerisches, aber auch eine eigenwillige, hintergründige Komik.

Auch wenn die Taufe für Heine ausdrücklich kein Glaubensakt war, hat er sich doch bewusst für den Protestantismus entschieden, mit dessen geistesgeschichtlicher Bedeutung im Dienste der »Denkfreiheit« (S. 101) er sich stets identifizierte. Er würdigte vor allem die revolutionäre Gestalt Luthers (s. S. 95 ff.) und betrachtete eine zukünftige deutsche Revolution als »die große Tochter der Reformation« – vor allem weil diese durch die Wiederentdeckung der Bibel und die Konzentration auf deren vernunftgemäße

Auslegung, zu der jedermann berechtigt sei, priesterliche Autoritäten stürzte und der Demokratisierung durch die Ermächtigung des (literarischen) Wortes Vorschub leistete. In diesem Sinne gilt das folgende Bekenntnis aus einem gestrichenen Entwurfsmanuskript durchaus für Heines gesamtes Leben: »Ihr wisst, ich bin kein Anhänger des Katholizismus; der Protestantismus war für mich nicht bloß eine Religion, sondern auch eine Mission [...]. Späterhin freilich erlosch mein Eifer für das Dogma selbst, und vor einigen Jahren erklärte ich freimütig in meinen Schriften, dass all mein Protestantismus nur noch darin bestünde, dass ich als evangelischer Christ im Kirchenbuche der lutherischen Gemeinde eingeschrieben stehe – aber eine geheime Vorliebe für das, wofür [wir] einst gestritten und gelitten, bleibt immer in unseren Herzen, und in meinen jetzigen religiösen Überzeugungen weht noch immer der Geist des Protestantismus. Ich bin also für die protestantische Kirche noch immer parteiisch.«

Aus dem gleichen emanzipatorischen Impuls erklärt sich auch die relative Nähe, die Heine nach seiner Übersiedlung nach Paris (1831) für einige Zeit zu den Saint-Simonisten empfand, zu deren Anführern Prosper Enfantin und Michel Chevalier er anfangs in freundschaftlicher Verbindung stand. Sie hatten aus dem ökonomischen, sozialreformerischen und religiösen Werk des Claude-Henri de Rouvroy, Comte de Saint-Simon (1760–1825), eine frühsozialistische Utopie geformt. Sie träumten von einer Vereinigung des technischen mit dem sozialen Fortschritt, einem staatlich gelenkten Industrialismus zum Wohle der Gemeinschaft. Heine war ein kritischer Sympathisant der Bewegung, wenn er auch in geschichtsphilosophischer Hinsicht nicht mit ihnen übereinstimmte. Der religiöse Aspekt der saint-simonistischen Doktrin interessierte ihn besonders. Ihr »Neues Christentum« war eine Diesseitsreligion ohne außerweltlichen Gott und ohne die Verteufelung materieller und sinnlicher Genüsse. Heine fand hier Parallelen zur pantheistischen Philosophie des großen jüdischen Denkers Spinoza (s. S. 105 ff.), mit der er sich schon früher beschäftigt hatte, und Übereinstimmung mit seiner eigenen, fundamentalen Kritik am jüdisch-christlichen Spiritualismus (s. S. 81 ff.). Die Forderung nach einer »Rehabilitation des Fleisches« wurde zu einem zentralen Element seiner eigenen revolutionären Utopie, wie er sie vor allem zu Beginn der 30er-Jahre in den programmatischen Schriften »Die romantische Schule« und »Zur Geschichte der Religion und Philosophie in Deutschland« und auch in manchem Gedicht (s. S. 124) emphatisch entfaltete. Ihm entgingen jedoch nicht die kuriosen und sektiererischen Züge der Bewegung und ihres Anführers Enfantin. Er spottete: »Wie viel hat Gott schon getan, um das Weltübel zu heilen, zu Moses Zeit tat er Wunder über Wunder, später ließ er sich in der Gestalt Christi geißeln und kreuzigen, endlich in der Gestalt Enfantins tat er das Ungeheuerste, um die Welt zu retten: er machte sich lächerlich [...].«

Heines grundlegende, bohrende Frage nach dem Verhältnis von Religion und Emanzipation bildete auch dann noch einen festen Maßstab für ihn, als sie sich am Ende seines Lebens krisenhaft zuspitzte: im »Weltkuddelmuddel« (S. 200) des Jahres 1848, als das brutale Scheitern der europäischen Revolutionen das Ende der utopischen Träume von den »Gottesrechte[n] des Menschen« (S. 108) markierte und zusammenfiel mit dem entsetzlichen gesundheitlichen Niedergang Heines. Mit der gleichen anti-eschatologischen Emphase, die er von jeher allen transzendentalen Verweisen auf das Jenseits begegnete, trat er auch nun allen religiös-philosophischen Rechtfertigungen des elenden Geschichtsverlaufes entgegen und kontrastierte solche höheren Sinngebungen mit den Niederungen der historischen Realität. Heine zeigt in seinem Gesamtwerk, wie jede Zeit ihre eigenen Götter findet. Insofern ist es konsequent, dass der »nachmärzliche« Gott seiner späten Schriften kein heiterer pantheistischer Griechengott mehr ist, sondern ein einsamer un-menschlicher und außerweltlicher Despot, dem die geschundene Kreatur in der Gestalt des zweifelnden und anklagenden Hiob gegenübersteht und gotteslästerlich flucht (die dialektische Beobachtung, dass schließlich nicht dem Atheisten, sondern nur dem Gläubigen eine zünftige Gotteslästerung möglich ist, gehört zu den hinreißendsten seiner wunderbar witzigen Religionsbetrachtungen). Die häretische Maxime des Zweifels, mit dem er die menschlichen »Ansprüche[] auf Lebensglück« (S. 202) einfordert, ist dabei noch immer die gleiche, mit der er zuvor die »Gottesrechte des Menschen« propagierte und die auch seine skeptische jüdische Geschichtsperspektive des Leides prägte. Auch jetzt beruft er sich auf die Bibel und die emanzipatorische Kraft der Heiligen Schrift. Die blasphemisch-religiösen Signale, mit denen Heine in der Zeit der nachmärzlichen Verdrängung der Niederlage der Revolution für Irritationen beim Publikum sorgte, war eine in sich konsequente Akzentverschiebung, nicht aber eine vollkommene »religiöse Wende« oder gar »Bekehrung« – vor allem, weil Letztere ja eine vorausgegangene Abkehr voraussetzen würde.

»Den Himmel überlassen wir / Den Engeln und den Spatzen«, hatte Heine 1844 in »Deutschland. Ein Wintermärchen« gedichtet. Auch seine späten poetischen Jenseitsschilderungen behalten konsequent die irdische Perspektive seiner frühen Jahre bei – jetzt wie damals zieht er irdische Liebe den »Himmelsauen« vor (s. S. 24 f. und S. 221 f.) –, und wenn er 1851 im Nachwort zum »Romanzero« angesichts von Swedenborgs Schilderungen der »anderen Welt« bei allem Spott betont, dass dieser in seiner Vision »die unveräußerlichen Individualitätsrechte des Menschen« (S. 224) richtig erkannt habe, legt er noch immer den gleichen Maßstab der Emanzipation an, der sein religionspolitisches Nachdenken über »die wichtigste Frage der Menschheit« von jeher bestimmt hatte.

Epilog im Himmel

Zwei Bücher geben Auskunft darüber, wie es Heine im Jenseits ergangen ist. Den 1904 von Johann Bánfi herausgegebenen »mediumistischen Mitteilungen« zufolge dichtet er dort noch immer, aber wenn seine von Bánfi abgedruckten, postum entstandenen Werke richtig übermittelt wurden, muss man feststellen, dass seine Begabung deutlich nachgelassen hat. Und schon 1856 protokollierte Leopold Hirschberg alias D. Hornung mehrere spiritistische Sitzungen mit dem soeben verstorbenen Dichter, bei denen er ihm viele Fragen stellte – verfängliche Fragen mitunter, wie etwa die, ob er jetzt glücklich sei. Darauf soll Heine geantwortet haben: »Ich bin stets glücklich gewesen, da ich mir stets selbst treu geblieben.«

Christian Liedtke

Zitatnachweise

Für diese Ausgabe wurde die Rechtschreibung Heines modernisiert und die Zeichensetzung dem heutigen Gebrauch angepasst. Bei der Wiedergabe handschriftlicher Entwürfe wurde auf diakritische Zeichen verzichtet. Auslassungen innerhalb von Sätzen und Absätzen werden durch [...] markiert. Werktitel, die nicht von Heine stammen, sondern vom Herausgeber hinzugefügt wurden, sind durch einen nachgestellten Asterisk (*) gekennzeichnet.

Textgrundlage für die Wiedergabe von Heines Werken ist:

Heinrich Heine: Historisch-kritische Gesamtausgabe der Werke. In Verbindung mit dem Heinrich-Heine-Institut hrsg. von Manfred Windfuhr im Auftrag der Landeshauptstadt Düsseldorf. Bd. I–XVI. Hamburg 1973–1997 (abgekürzt: DHA).

Heines Briefe werden zitiert nach:

Heinrich Heine: Werke, Briefwechsel, Lebenszeugnisse. Säkularausgabe. Hrsg. von den Nationalen Forschungs- und Gedenkstätten der klassischen deutschen Literatur in Weimar und dem Centre National de la Recherche Scientifique in Paris. Bd. XX-XXVII. Berlin, Paris: 1970 ff. (abgekürzt: HSA)

Die römische Ziffer gibt jeweils den Band, die arabische die Seite an.

Kinderglauben

Erkundungen des Himmelreichs

Hölle und Teufel

Das Volk Gottes

Das Christentum

Katholizismus

Protestantismus

Gedankengrandezza. Religion und Philosophie

S. 105: Spinoza – DHA VIII, 54 ff.;
S. 108: Kant und der Tod Gottes – DHA VIII, 77 ff.;
S. 111: Staats-Religionsphilosophen – DHA VIII, 191

Alte und neue Götter

S. 113: Als die Götter verstummten – DHA VII, 172 f.;
S. 114: Die Götter Griechenlands – DHA I, 412 ff.;
S. 118: Der Apollogott – DHA III, 32 ff.;
S. 124: Auf diesem Felsen – DHA II, 34

Das Buch der Bücher

S. 125: Kabeljau und Bibelworte – DHA XI, 38 ff.;
S. 129: Das Bildungsbuch der Völker- DHA XV, 44 ff.

Vergleichende Religionsbetrachtungen

S. 133: Hyazinth – DHA VII, 114 ff.;
S. 139: Das diplomatische Corps – DHA VII, 165 ff.

Glaubenshass und Religionsstreit

S. 145: Ein kleiner Glaubenskrieg – DHA VII, 191 f.;
S. 146: Der Hass auf die Juden – DHA X, 126 ff.;
S. 148: Disputation – DHA III, 158 ff.;
S. 167: Der kleine Simson und die Atheisten – DHA V, 178 ff.

Religion und Staat

S. 171: Wischwasch. Staatsreligionen – DHA VII, 194 ff.;
S. 173: Emanzipation der englischen Katholiken –
DHA VII, 253 ff. und 265;
S. 175: Hühneraugen an den Staatsfüßen – DHA XIV, 265 ff.

Konversionen

Taufbriefe: S. 177: 30. September 1823 – HSA XX, 113;
S. 178: 11. Mai 1825 – HSA XX, 196;
S. 178: 31. Juli 1825 – HSA XX, 208;
S. 178: 14./19. Dezember 1825 – HSA XX, 227 ff.;
S. 179: 9. Januar 1826 – HSA XX, 234;
S. 179: 8. Juli 1826 – HSA XX, 265;
S. 180: Almansor – DHA I, 319 ff.;
S. 185: Berliner Bekehrungen – DHA VII, 190 f.;
S. 186: Heinrich – DHA II, 116

Wenn Götter träumen
Aphorismen und Notizen

S. 189: Das Leben ist gar – DHA VI, 175;
S. 189: Religion ist eine – DHA VIII, 446;
S. 190: In dunkeln Zeiten – DHA X, 318;
S. 190: In den Ruinen – DHA IX, 47;
S. 190: Jeder Glaube – DHA VIII, 447;
S. 191: Wir können – DHA VIII, 453;
S. 191: Als ob die Freiheit – DHA VII, 269;
S. 192: Welcher bedeutende – DHA XV, 72 f.;
S. 192: Dass ich Christ – DHA X, 336;
S. 192: Ich glaube, gäbe es – DHA X, 330;
S. 193: Tragische Geschichte – DHA X, 330;
S. 193: Wie viel höher – DHA X, 338;
S. 193: Ich glaube, dieser Gott – DHA V, 180;
S. 193: Dadurch, dass der Mystiker – DHA X, 244;
S. 194: Ärgert dich – HSA XX, 302;
S. 194: Was man auch den Zeloten – DHA XV, 48;
S. 195: der Teufel – DHA VII, 31;
S. 195: Die Religion, wenn sie – DHA VIII, 66 f.;
S. 195: Ich hörte einst – DHA VII, 75;
S. 195: Man hat mir vorgeworfen – DHA VI, 307;
S. 196: Gäbe es Atheismus – DHA VIII, 454;
S. 196: Gibt's irgendwo – DHA V, 16;
S. 196: Der neue Himmel – DHA V, 16;
S. 196: Der Taufzettel – DHA X, 313;
S. 196: Ich werde angefeindet – HSA XXI, 171;
S. 196: Mendelssohn – DHA VIII, 71;
S. 197: Ich sage, Lessing – DHA VIII, 76;
S. 197: Ungläubige – DHA VII, 181 f.;
S. 198: Der liebe Gott – DHA XII, 34;
S. 198: Unter den Heiligenbildern – DHA XIV, 86;
S. 198: Wir haben – DHA XV, 29;
S. 198: Für Menschen – DHA XI, 103;
S. 199: Ein Kamel – DHA XIV, 62;
S. 199: Es gibt wahrhaftig – DHA XV, 46 f.;
S. 199: Der Deutsche – HSA XX, 420 f.;
S. 200: Besteht nun – DHA VIII, 221 f.;
S. 200: Über die Zeitereignisse – HSA XXII, 287

Glaubenszweifel, Gottesfragen

S. 201: Lass die heil'gen Parabolen – DHA III, 198;
S. 202: Das Hohelied der Skepsis – DHA XIV, 274 f.;
S. 203: Adam der Erste – DHA II, 109 f. ;
S. 204: Beine hat uns zwei gegeben – DHA III, 400 ff.;
S. 209: Die Söhne des Glückes – DHA III, 348 f.

Bekenntnisse

S. 211: Der Gott meiner Wahl – DHA VII, 179;
S. 211: Ich gehöre nicht – DHA VIII, 493 f.;
S. 212: Geistige Februarrevolution – HSA XXIII, 23 f. und 26 f.;
S. 213: Himmlisches Heimweh – DHA III, 179 ff.;
S. 216: Meine Erleuchtung – DHA VIII, 497 ff.;
S. 218: Onkel Tom und Moses – DHA XV, 40 ff.

Ob wir einst auferstehen?

S. 221: Fortdauer nach dem Tode – DHA X, 341;
S. 221: Mein süßes Lieb, wenn du im Grab – DHA I, 163 ff.;
S. 222: Ein sonnenklarer Beweis – DHA XI, 118;
S. 223: Auf Wiedersehen – DHA II, 177 ff.

Heines heilige Häresien
Nachwort

S. 227: Einst […] ließ sich keiner – DHA VII, 192;
S. 228: die Ernennung zum Papste – DHA XV, 54 f.;
S. 228: Enzyklopädie – Tom Flynn: The New Encyclopedia of Unbelief. Amherst 2007, S. 381;
die christliche Religion – DHA XI, 794;
S. 229: Riesser – Heinrich Heines Werk im Urteil seiner Zeitgenossen. Hrsg. von Eberhard Galley und Alfred Estermann. Bd. 5. Hamburg 1990, S. 214;
S. 231: Briegleb – Klaus Briegleb: Bei den Wassern Babels. Heinrich Heine, jüdischer Schriftsteller in Moderne. München 1997, S. 144;
S. 231: Was ist aber die große Aufgabe – DHA VII, 69;
S. 232: durch die Lehre – DHA VIII, 127;
S. 233: Es blühte in der Vergangenheit – DHA IV, 150;
S. 234: Wie kann ich aus meiner Haut – Begegnungen mit Heine. Berichte der Zeitgenossen. Hrsg. von Michael Werner in Fortführung von H. H. Houbens »Gespräche mit Heine«. Bd. 1. Hamburg 1973, S. 436;
S. 235: Ihr Glauben war ein strenger Deismus – DHA XV, 64;
S. 235: Dein Großvater – DHA XV, 75;

S. 236: Es gab eine Zeit – DHA IX, 46;
S. 237: Madonna-Periode – DHA XV, 51;
S. 237: Altar – Vgl. Robert Proelß: Heinrich Heine. Sein Lebensgang und seine Schriften nach den neuesten Quellen dargestellt. Stuttgart 1886, S. 15;
S. 237: weil meine Gattin – DHA XV, 48;
S. 238: christliche Liebe … schwüle Spannung – HSA XX, 22;
S. 240: eine Aufregung der Kraft – HSA XX, 71 f.;
S. 242: Ganz eigene Gefühle – HSA XX, 167;
S. 243: Ich bin ein deutscher Dichter – DHA I, 222;
S. 244: wenn die weitklaffende – HSA XX, 40;
S. 244: Rabbi recht – vgl. Klaus Briegleb: Bei den Wassern Babels. Heinrich Heine, jüdischer Schriftsteller in Moderne. München 1997, S. 147;
S. 245: die große Tochter – DHA VIII, 160;
S. 246: Ihr wisst, ich bin kein Anhänger – DHA VIII, 456;
S. 247: Wie viel hat Gott schon – DHA X, 322;
S. 248: Den Himmel überlassen – DHA IV, 92;
S. 249: Bánfi – Schatten und Licht. Mediumistische Mitteilungen von Dr. Heinrich Heine. Hrsg. v. Johann Bánfi. Leipzig o. J. [1904];
S. 249 – Ich bin stets glücklich – D. Hornung [d. i. Leopold Hirschberg]: Heinrich Heine, der Unsterbliche. Eine Mahnung aus dem Jenseits. Nur Thatsächliches, keine Dichtung. Stuttgart 1857, S. 64.

Über den Autor

Heinrich Heine, geboren 1797 in Düsseldorf, studierte nach einer kaufmännischen Ausbildung in Hamburg Rechtswissenschaft in Bonn, Berlin und Göttingen. Mit Band 1 der »Reisebilder« (1826) begann seine lebenslange Zusammenarbeit mit dem Verlag Hoffmann und Campe. Seine Werke wie das »Buch der Lieder« (1827), »Deutschland. Ein Wintermärchen« (1844) oder der »Romanzero« (1851) gehören zur Weltliteratur. Der »Dichter der Liebe und der Revolution« starb 1856 im Exil in Paris.

Über den Herausgeber

Christian Liedtke, geboren 1964 in Hamburg, studierte Germanistik und Philosophie in Hamburg, Cincinnati (USA) und Bonn. Als wissenschaftlicher Archivar am Heinrich-Heine-Institut, Düsseldorf, ist er verantwortlich für den handschriftlichen Nachlass Heinrich Heines und die Redaktion des »Heine-Jahrbuchs«. Er schrieb die Biographie »Heinrich Heine« (Reinbek 2006). Bei Hoffmann und Campe erschienen von ihm zuletzt: »Auf der Spitze der Welt. Mit Heine durch Paris« (zusammen mit Gerhard Höhn, 2012) und »Heinrich Heine. Ein ABC« (2015).